Aluna Submissa e outras histórias

Érika Sanders
Series
Coleção Dominação Erótica

Sinopse

Este livro consiste nas seguintes histórias:
Aluna Submissa
Médica muito compreensiva
No escritório

Aluna Submissa é um romance com forte conteúdo erótico BDSM e, por sua vez, um novo romance pertencente à coleção Erotic Domination and Submission, uma série de romances com alto conteúdo romântico e erótico BDSM.

(Todos os personagens têm 18 anos ou mais)

Nota da escritora:

Erika Sanders é uma conhecida escritora internacional, traduzida para mais de vinte línguas, que assina os seus escritos mais eróticos, longe da sua prosa habitual, com o seu nome de solteira.

Índice:

ALUNA SUBMISSA E OUTRAS HISTÓRIAS
ERIKA SANDERS

ALUNA SUBMISSA

PRIMEIRA PARTE
CARTA DE RECOMENDAÇÃO

CAPÍTULO I

Cynthia estava sentada do lado de fora da sala do professor.

As provas finais se aproximavam, o que significava que o professor estaria ocupado se reunindo com os alunos.

Esperou pelo menos vinte minutos enquanto a porta da professora permanecia fechada.

Fiquei um pouco nervoso esperando por esse professor que era tipicamente severo.

Quando a porta se abriu, ele viu a professora conversando com outro aluno, que se preparava para sair.

Cynthia levantou-se quando o outro aluno saiu e o professor voltou sua atenção para ela.

Era um homem alto, bem vestido, casado e com cerca de cinquenta anos.

"Cynthia, é bom ver você", disse ele. "Você tem um encontro?"

"Não. Sinto muito, professor. Isso é uma coisa de última hora."

"Tenho certeza que você conhece minha política em relação a reuniões. Espero que um encontro seja marcado primeiro, caso contrário sempre haveria uma longa fila na minha porta."

Ela respirou fundo buscando ganhar confiança.

"Eu sei disso. Mas não há ninguém aqui agora. Tenho certeza que você pode abrir uma exceção para mim."

"Bom. Só porque você é um estudante esforçado. Entre."

Ele mostrou um sorriso estranho e fez sinal para que ela entrasse em seu escritório, depois fechou a porta.

O professor sentou-se atrás de sua mesa e Cynthia sentou-se na frente dele.

"Em que posso te ajudar?" Ele perguntou, ficando confortável em seu assento.

"Bom, tenho pensado muito ultimamente e resolvi me inscrever na faculdade de Direito para o ano que vem. Já fiz o vestibular e consegui nota alta. Minha média também está acima de B+."

Ele assentiu.

"Uma escolha interessante. Acho que você se sairá muito bem na faculdade de direito. Não é fácil, mas você certamente tem personalidade e cérebro para fazer isso."

"Obrigado", ele sorriu.

"Suponho que você queira uma carta de recomendação minha?"

"É por isso que estou aqui. Você é o primeiro professor a quem convidei e realmente espero que faça isso por mim."

"Então, sou sua primeira escolha? Por quê? Estou curioso."

Cynthia sentiu-se um pouco intimidada.

"Bem, ele tem uma grande reputação nesta universidade. E ele também é o chefe do departamento, o que acho que ficará bem na minha inscrição."

"Também tenho conexões com as melhores faculdades de direito. Você sabia disso?"

Ela assentiu timidamente.

"Eu sabia. Quero dizer, ouvi isso de outros estudantes. Mas não tinha certeza se era verdade ou não."

"Tenho amigos próximos que fazem parte do comitê de admissão de algumas das melhores faculdades de direito. Portanto, minhas cartas de recomendação são muito úteis."

"Você consideraria escrever uma carta para mim?" ela perguntou em um tom tímido.

"Eu não posso", ele respondeu sem rodeios. "Infelizmente, você chegou tarde demais."

"Por quê? O prazo para inscrições para faculdades de direito é o início do próximo ano."

"É verdade. Mas eu só escrevo duas cartas de recomendação no final de cada semestre. É uma política pessoal minha. Caso contrário, eu teria que escrever cartas para todos. Então, minhas recomendações seriam inúteis, já que qualquer aluno meu poderia compre um. Isso faz sentido para você, Cynthia?

"Tem."

"Se você tivesse vindo antes, eu teria feito isso por você. Você é um dos alunos mais capazes que tive nos últimos anos. E isso significa muito, já que esta universidade está cheia de alunos talentosos." "

"Se você acha que sou um de seus melhores alunos, por que não abre uma exceção para mim?" ela implorou.

"Eu te disse. Minha regra são duas recomendações por semestre. Eu sempre sigo minhas regras. Em todos os meus anos de ensino, nunca abri uma exceção. Nunca."

Ela manteve a cabeça baixa brevemente, antes de recuperar a compostura.

"Eu entendo", ela respondeu, preparando-se para sair. "Obrigado pelo seu tempo, professor."

"Espere", ele disse, parando-a. "Você sabe que estou me aposentando este ano, certo?"

"Sim, eu ouvi isso".

"Esta será minha última aula do semestre. Eu poderia escrever uma carta de recomendação para você no início do próximo ano, e você poderia se inscrever na faculdade de direito antes do prazo. Isso estaria dentro das minhas regras."

Cinthia sorriu.

"Isso parece ótimo. Muito obrigado, professor. Isso realmente significa muito para mim."

"Não estou dizendo que vou. Estou dizendo que posso."

"Ah, então o que eu tenho que fazer?"

"Primeiro, diga-me por que você quer estudar direito. Qual é o seu objetivo final?"

Ele pensou por um momento em redigir uma boa resposta.

"Bem, eu sempre quis uma carreira onde pudesse ser uma grande defensora das mulheres. Estou quase terminando minha especialização em Estudos sobre Mulheres e Gênero. Pensei em ser jornalista, onde pudesse fazer reportagens sobre vários temas. Mas meus pais sempre me disseram: "Eles me incentivaram a tentar Direito. Pensei nisso durante todo o semestre, pois estou perto de me formar. Depois de muita reflexão, decidi que estudar Direito é para mim."

Ele assentiu.

"Você certamente pensou muito sobre isso."

"Sim, senhor, eu tenho."

"E quanto às suas conquistas acadêmicas até agora? Algo que eu deva saber?"

Ela pensou consigo mesma novamente.

"Bem, escrevi vários ensaios em algumas de minhas aulas que enfocam os direitos das mulheres, as mulheres negras e várias questões sociais neste país e ao redor do mundo. Tirei A em todos eles."

"Não é surpreendente. Você me parece uma garota muito inteligente. Gosto disso em você."

"Obrigada", ela corou.

"Envie-me por e-mail todas as redações que você mencionou. Gostaria de dar uma olhada nelas antes de tomar minha decisão."

"Claro."

"Gosto muito de você, Cynthia", disse ele. "Acho que você é imensamente talentoso. Mulheres como você são o futuro deste país. Se você conseguir me convencer de que tem um interesse real em mudar as coisas, então entrarei em contato pessoalmente com meus amigos das melhores faculdades de direito e farei tudo possível. para você entrar. O que você acha de tudo isso?

"Isso parece maravilhoso, professor", disse ela com um sorriso radiante. "Tenho certeza que você ficará impressionado com o que tenho a oferecer."

"Não tenho dúvidas sobre isso. Agora, se me der licença, tenho uma consulta marcada em cerca de cinco minutos."

"Ah, claro. Muito obrigado."

Cynthia levantou-se e apertou gentilmente a mão do professor enquanto ele permanecia sentado atrás de sua mesa.

Ao sair do escritório, ele fez o possível para conter a excitação.

CAPÍTULO II

Quando Cynthia voltou para seu pequeno apartamento, foi direto para o quarto de sua colega de quarto e viu que a porta estava aberta.

Teresa estava deitada na cama usando seu laptop para conferir os últimos sites de fofoca.

"Vamos ver se você consegue adivinhar?" Cynthia perguntou retoricamente. "Na verdade, vou ser franco. Ele concordou em escrever uma carta de recomendação para mim. Dá para acreditar?"

Cynthia entrou no quarto e sentou-se na cama da colega de quarto.

"Isso é ótimo! Como foi ficar sozinha com ele? Foi estranho? Esse cara é durão."

"Foi definitivamente intimidante, isso posso garantir."

"E ele concordou em escrever uma carta para você?" perguntou Tereza. "Já ouvi tantas histórias de estudantes inteligentes sendo rejeitados por idiotas como ele."

"Acho que o peguei de bom humor", Cynthia encolheu os ombros. "Mas será um processo difícil. Ele quer conversar um pouco mais comigo e depois me escreverá uma carta no próximo ano."

"No próximo ano? Eu li que se você se inscrever cedo na faculdade de direito, terá uma pequena vantagem nas admissões."

Cinthia sorriu.

"Eu sei. Mas ele tem conexões com algumas das melhores faculdades de direito. Ele também disse que estaria disposto a contatá-lo pessoalmente em meu nome, se eu conseguir convencê-lo de que valho a pena."

"Oh, uau! Isso é incrível."

Teresa se inclinou para frente e deu um grande abraço na amiga.

"Obrigado."

"Como exatamente você vai convencê-lo? Esse cara não é fácil de agradar."

Cíntia encolheu os ombros.

"Acho que preciso mostrar a ele alguns ensaios antigos que escrevi. Ele foi um pouco vago sobre a coisa toda. Mas tenho quase certeza sobre tudo isso. Acho que ele realmente gosta de mim. Ele disse muitas coisas legais ."

"Bem, se alguém merece se beneficiar de suas conexões, é você."

"Obrigado. Estou cruzando os dedos. Só espero que ele não mude de ideia."

"Essa seria a maior jogada idiota do mundo se eu mudasse de ideia", respondeu Teresa. "Mas você nunca sabe. Mas não há como você mudar de ideia."

Cinthia sorriu.

"Você está certo. Mas ainda preciso impressioná-lo. Farei o que for preciso. Confie em mim."

"Eu penso que sim."

CAPÍTULO III

Já era tarde da noite quando Cynthia já havia terminado de examinar seus arquivos antigos.

Ela organizou todos os ensaios mais bem avaliados que escreveu.

Então ele os anexou a um arquivo.

Ele também deu os retoques finais em seu trabalho final para a aula do professor.

Ela leu o artigo final várias vezes para ter certeza de que estava perfeito.

Esta era a sua oportunidade de impressionar o homem que potencialmente detinha as chaves do seu futuro.

Ele anexou tudo em um e-mail e escreveu uma mensagem ao professor:

"Oi professor,

Espero que ele esteja bem. Muito obrigado por se encontrar comigo hoje. Eu sei que você é uma pessoa extremamente ocupada. Anexei todos os ensaios que queria ver. Tirei A em todos eles.

Também anexei meu projeto final para a aula dele, que concluí com antecedência. Espero que tudo seja satisfatório. Por favor, deixe-me saber se precisar de mais alguma coisa minha ou se quiser se encontrar novamente para discutir qualquer coisa relacionada à carta de recomendação. Eu realmente aprecio tudo isso.

Meus melhores desejos,

"Cynthia"

Ele enviou o e-mail e ela deu um suspiro de alívio.

Ela estava há várias horas sentada em frente ao computador, com pouquíssimo descanso, para enviar os documentos ao professor o mais rápido possível.

Faltando tempo para o jantar, Cynthia verificou as atualizações do Facebook para ver o que havia de novo em seu círculo social.

Chegou um e-mail.

Foi uma resposta da professora:

"Vejo você no meu escritório. Segunda-feira, às nove da manhã.

Cynthia ficou um pouco perplexa com o e-mail enigmático e de resposta breve do professor.

Ela se perguntou se ele teria se dado ao trabalho de olhar algum dos documentos anexos, por causa da rapidez com que havia respondido, e se havia passado as últimas horas trabalhando tanto em vão.

Neste momento, ele recebeu outro e-mail.

Foi outra resposta da professora:

"Discutiremos os termos da carta de recomendação."

Esta era a mensagem que ela queria.

Ela sorriu para si mesma, sabendo que as conexões do professor com as melhores faculdades de direito estavam ao seu alcance.

Anos de trabalho duro finalmente estavam valendo a pena.

Tudo o que ele precisava fazer era fazer o que o professor quisesse.

SEGUNDA PARTE
ALUNA DECIDIDA

CAPÍTULO I

Segunda-feira.

De manhã cedo.

Cynthia estava esperando do lado de fora da sala do professor em um terno semiformal.

Ela queria parecer sofisticada para o professor.

Ela queria provar que valia a pena.

Ele chegou exatamente às nove da manhã.

Ele segurava um pequeno saco de papel comum e mal olhou para Cynthia quando ela se levantou para cumprimentá-lo.

Eles apertaram as mãos, então ele abriu a porta do escritório e a deixou entrar.

Então ele fechou a porta.

A situação ficou um tanto estranha quando o professor preparou sua mesa e ligou o computador, aparentemente ignorando o estudante universitário parado à sua frente na sala.

"Espero que você tenha tido um bom fim de semana", disse ela, quebrando a tensão.

O professor sentou-se atrás de sua mesa e Cynthia sentou-se na frente dele.

"Tive um ótimo fim de semana", respondeu ele. "Passei a maior parte do tempo separando papéis. Mas também tive tempo para outras atividades. E você?"

"Principalmente trabalhos escolares. Tenho estudado muito para as provas e escrito trabalhos para outras matérias."

Ele assentiu.

"Como deveria ser."

"Falando nisso, você leu os documentos que lhe enviei?"

"Não, não tenho", ele respondeu sem rodeios.

"Ah, pensei que precisava deles..."

"Não vou olhar para eles, Cynthia. Não estou interessado em ler suas redações para outras aulas. Não tenho tempo para isso."

"Isso significa que você me dará a recomendação sem ter que lê-la?" ela perguntou com cautela.

"Não respondeu. "Você ainda tem que merecer."

"O que eu tenho que fazer então?"

Ele olhou para ela com um olhar penetrante.

"Você é uma pessoa discreta, Cynthia?"

"Oque quer dizer?"

"Você é capaz de guardar um segredo?"

"Sempre fui uma pessoa confiável. Por quê?"

"Estou muito interessado em você", disse ele. "Estou intrigado com você. Mas você terá que me prometer que tudo o que discutirmos permanecerá confidencial. Você pode fazer isso? Se tudo der certo, eu prometo, farei o meu melhor para levá-lo para qualquer escola. você quer. E eu sempre cumpro minhas promessas.

Cynthia respirou fundo e tentou manter a compostura.

Ela não tinha certeza do rumo da conversa, mas gostou do resultado.

Ela queria a ajuda dele.

"Eu prometo. Tudo o que discutirmos será segredo."

Ele assentiu lentamente.

"Alegra-me ouvir isso."

"Posso perguntar do que se trata? Ainda não entendo o que você quer de mim."

"Você fez três dos meus cursos, correto?"

"Assim é."

"Você sempre me intrigou", disse ele. "Desde o dia em que nos conhecemos, descobri que você é uma pessoa interessante. E sempre gostei de ler seus ensaios. Na verdade, para ser honesto, às vezes ainda leio seus ensaios. Seus pensamentos sobre os direitos das mulheres e as liberdades sexuais das mulheres são bastante profundo."

"Graças meu Senhor".

"Tenho uma tarefa para você", disse ele. "Está completamente fora da agenda. Ninguém jamais saberá. Obviamente, é opcional. Mas se você fizer isso, eu lhe darei um A automático na minha aula e o ajudarei a entrar em uma faculdade de direito de primeira linha."

Cynthia assentiu hesitantemente.

"Bem."

"É uma tarefa de leitura. Quero que você leia o material que lhe designei. E amanhã, quero que você esteja aqui novamente às nove da manhã, pronto para discuti-lo."

O professor pegou o saco de papel pardo e colocou-o na mesa, na frente de Cynthia.

"Sobre o que é a tarefa de leitura?" ela perguntou, perplexa.

"Tudo nesta bolsa é para você. Considere isso um presente. Não abra até tarde da noite. E quero que você leia a história marcada antes de dormir. Quero sua visão por causa de sua perspectiva interessante sobre o problemas das mulheres. Você pode fazer isso por mim?"

"Pode."

"Bom", ele assentiu. "Agora, se você me dá licença, tenho um dia agitado. Tenho certeza de que você também está ocupado hoje ."

"Obrigado professor."

Cynthia levantou-se e apertou a mão do professor.

Ele então pegou a sacola marrom e saiu do escritório.

Ele não se preocupou em olhar dentro da bolsa.

Eu estava com muito medo de olhar.

CAPÍTULO II

Naquela noite, Cynthia estava deitada na cama com as luzes ainda acesas.

Ele tinha acabado de terminar sua rigorosa rotina de estudos noturnos.

Seus olhos doíam.

E ela estava mentalmente exausta.

Ele olhou para a mesa ao lado da cama e viu a sacola marrom.

Ele quase se esqueceu disso.

Então a noite ainda não havia acabado.

Ele sentou na cama e pegou a bolsa.

Quando Cynthia abriu a sacola, ficou chocada com o que viu.

Havia um vibrador rosa de tamanho moderado, que tinha o formato do pênis de um homem.

Ele o pegou e olhou, perguntando-se se era um erro.

Será que a professora me deu a bolsa errada?

Por que ele tem isso?

Mas ele concluiu que não houve engano.

O professor era preciso e inteligente demais para cometer esse tipo de erro, pensou.

Ela colocou o vibrador na cama e enfiou a mão no fundo da bolsa.

A única coisa que havia também era um livro muito grande.

Estava velho e desgastado.

Ela olhou para a capa.

Foi um livro de compilação de várias histórias de BDSM.

Ele olhou o índice para ver que todas as histórias eram sobre sexo.

E não qualquer tipo de sexo, mas histórias de dominação e submissão.

"Isso é assédio sexual!" Pensamento.

Cynthia fechou o livro e colocou-o na mesa próxima.

Fiquei com raiva, chocado e triste.

Ela não sabia como se sentir.

Então lembrou-se do comentário da professora, de que a leitura era opcional.

Ela pensou que tinha que fazer tudo o que ele pedisse.

Mas então ela também não conseguiria nada.

Depois de pensar por alguns momentos, percebeu que não houve danos.

Foi apenas um livro.

Tudo o que ele precisava fazer era ler o que teria pontuado e discutir com o professor.

Então ela conseguiria a ajuda do professor.

O vibrador iria para o lixo mais tarde, onde pertencia.

Depois de respirar fundo, ela pegou o livro e se apoiou no travesseiro para se sentir confortável. Havia um marcador no meio do livro. Ele o abriu e encontrou a história que o professor havia lhe atribuído.

Ela começou a ler.

~~~

Resumo da história:

Erika foi uma mulher independente, artista e ativista feminista pelos direitos das mulheres.

Ele dirigia uma galeria de arte de sucesso no centro da cidade.

Ele é abordado por um homem chamado Robert, que se oferece para lhe vender alguns de seus trabalhos.

Ele mostra as fotos dela, e ela fica muito impressionada com as pinturas que aparecem nas fotos dele.

Mas ao visitar seu pequeno estúdio ela descobre que grande parte de seu trabalho está relacionado ao BDSM e isso não aparecia em suas fotos.
~~~

Na parede havia fotos de mulheres amarradas e satisfeitas.

Erika educadamente diz a Robert que discorda do conteúdo de suas pinturas e depois recusa sua oferta de compra de uma obra de arte.

Dias depois, Robert continua solicitando um relacionamento comercial com ela.

Ele lhe envia por e-mail mais fotos, que desta vez mostravam as mulheres amarradas e amordaçadas.

Depois vieram fotos de mulheres em vários estados de orgasmo intenso.

Erika ficou em conflito com as imagens.

Ela achou que eram obscenos, mas de bom gosto.

Eles eram definitivamente estimulantes para ela de alguma forma.

Ela ficou intrigada.

Ela concordou em encontrá-lo novamente para discutir um possível acordo.

Em seu pequeno estúdio, Robert a convenceu de que o BDSM não era tão ruim.

Ele a convenceu de que era algo lindo e que as mulheres recebiam muito prazer.

Erika estava cética, mas concordou em experimentar uma escravidão leve a pedido de Robert.

Isso abriu a porta para ele ter Erika como seu novo fetiche BDSM.

~~~

Depois de ler a história, Cynthia ficou um pouco animada.

Com o estresse dos exames finais que se aproximavam, sexo era a última coisa que passava pela minha cabeça, mas a história mudou isso.

Ela estava molhada entre as pernas.

Fiquei fascinado pelos personagens.

Ela ficou encantada com a ideia da personagem feminina da história ser amarrada e usada sexualmente.
~~~

De repente, o vibrador de bolsa marrom não parecia mais uma má ideia...

CAPÍTULO III

No dia seguinte.

Cynthia estava sentada em frente à mesa da professora.

Ele apenas olhou para ela sem dizer uma palavra.

Ele tomou outro gole de café.

Quanto mais o silêncio durava, mais desconfortável se tornava o reencontro.

"Quero saber como você se sentiu", disse ele, quebrando o silêncio. "Quero saber como sua mente funcionava em cada detalhe. Você concorda com isso?"

"Eu estou."

"Você leu a história que lhe designei?"

"Sim. Achei que estava bem escrito."

"O que mais você pensou sobre isso?" perguntado. "O que você achou da evolução do personagem principal?"

Cynthia parou por um momento.

"Acho que a evolução do personagem principal é comum para muitas pessoas. Tenho feito muitas pesquisas sobre sexualidade ao longo dos anos. sendo humano."

"Você acha que essa história era realista? Você acha que algo assim poderia acontecer com uma feminista devota?"

"Porque não?" Ela respondeu . "A personagem dessa história é humana como qualquer outra pessoa. O fato de ela ser feminista provavelmente alimentou o tabu de ser submissa a um homem dominante. Só porque alguém é feminista não significa que não possa desfrutar de uma vida sexual satisfatória. . ".

Ele sorriu.

"Você é uma garota muito inteligente. Gosto de ouvir sua opinião."

"Isso significa que ganhei sua recomendação?"

"Ainda não. Quero saber se você usou o brinquedo que eu te dei. Você usou em si mesmo enquanto lia a história? Ou usou depois?"

Um olhar atordoado apareceu em seu rosto.

"Oque quer dizer?"

"Você usou o vibrador em você mesmo?"

"Eu... eu não vejo como isso seja da sua conta."

"O que você disser será confidencial. Vou me aposentar no final do ano, lembra? Em mais algumas semanas, você não me verá novamente."

Ela pensou por um momento.

"Eu usei o vibrador em mim mesmo depois de ler a história."

"O que você estava pensando?"

"Sobre o personagem principal no final da história. Você sabe, estar amarrado."

"Você sempre teve um fetiche por escravidão?" ele perguntou .

"Não acho que isso seja apropriado. Já fiz tudo que você pediu."

"Ainda temos muito tempo", respondeu ele. "Você é uma garota muito especial. Você trabalha duro e é muito determinada. Aprecio essas qualidades e quero que você experimente as alegrias da vida. Não estou tentando enganá-la. Você deveria confiar em mim nisso."

"Que você quer de mim?"

"Neste momento, estou lhe dando outra tarefa."

"Será o último?"

"Talvez", ele respondeu. "No momento, você tem nota A na minha turma. Isso é tudo. Se você me ouvir, usarei meus contatos em seu nome."

"Bom", ela assentiu.

"Leia a sétima história desse livro. Depois quero que você se masturbe com o vibrador. Amanhã nos encontraremos novamente. Conversaremos sobre a história. E quero que você me conte tudo sobre o seu orgasmo. Você consegue? "

"Sim."

"Ótimo. E não nos encontraremos no meu escritório. Enviarei o local do encontro amanhã de manhã. Entendeu?"

"Você promete usar suas conexões para mim?"

"Eu prometo."

"Então é um acordo."

TERCEIRA PARTE
VERMELHA PARTE INFERIOR

31

CAPÍTULO I

Mais tarde naquela mesma noite.

Cynthia e Teresa lavaram a louça juntas depois do jantar.

Eles também cozinharam juntos.

Depois de secar e colocar a louça na prateleira, Teresa largou a toalha e encostou-se na bancada.

"Esta é a pior semana final da minha vida", gemeu Teresa. "Por que eu tive que me formar em biologia?"

"Porque você quer fazer coisas boas com sua vida. Vai valer a pena."

"Assim você acha?"

"Espero que sim", Cynthia encolheu os ombros.

"Bem, isso é reconfortante."

Cynthia também se encostou no balcão da cozinha e olhou para sua melhor amiga.

"Não posso acreditar até onde chegamos", disse ele. "Costumávamos falar sobre ser adultos quando éramos jovens. Agora olhe para nós. Estamos prestes a ter ótimas carreiras."

Tereza sorriu.

"Mais um semestre e então não seremos mais colegas de quarto. Me dá vontade de chorar só de pensar nisso."

"Nós ficaremos bem. É o melhor."

Tereza assentiu com a cabeça.

"Você está certo. Do jeito que as coisas estão, você está indo para a melhor faculdade de direito do país."

"Esse acordo ainda não foi feito."

"Afinal, o que está acontecendo com aquele cara? Por que ele simplesmente não escreve a maldita coisa e acaba logo com isso como um professor normal?"

"Ele só quer ser minucioso, só isso", respondeu Cynthia. "Acho que encerraremos depois de mais uma rodada de perguntas sobre minha história acadêmica e meus objetivos futuros. E esse tipo de coisa."

"Se eu não soubesse, diria que aquele cara está interessado em ter algo com você", Teresa respondeu com um trocadilho ruim.

"O que te faz dizer isso?"

"A maneira como ele te chama na aula. A maneira como ele olha para você. É meio óbvio, bem, para mim, pelo menos."

"Ele trata todos da mesma forma nas aulas. Além disso, ele é casado."

"É estranho que eu tenha passado tanto tempo com você ultimamente", observou Teresa. "Você está apaixonada por ele por acaso?"

"Não!" Cynthia respondeu com diversão e horror. "Como você pode dizer algo assim?"

Teresa fez uma cara engraçada.

"Deus. Eu só estava pensando. Jesus. Não fique tão na defensiva."

"De qualquer forma, há muito tempo para brincar sobre tudo isso mais tarde. Agora, preciso estudar. Você não é a única pessoa com exames brutais."

"Então é melhor irmos aos livros."

"Assim é."

CAPÍTULO II

Depois de fechar a porta, Cynthia deitou-se confortavelmente na cama, encostada no travesseiro.

Era sua posição favorita para estudar.

Ela rapidamente examinou os livros e anotações de suas aulas.

Ela já estava preparada e tudo estava adiantado.

Ele fechou o material e descansou brevemente os olhos.

O dever de casa do professor ainda estava pendente.

Ele se perguntou brevemente se Teresa estava certa ao dizer que estava desenvolvendo uma pequena paixão por ele.

O poder que ele tinha sobre ela era um grande tabu.

Cynthia deixou as coisas da escola de lado e pegou o grande livro de BDSM. Ele voltou à sua posição confortável na cama e abriu o livro na história sete.

Ele começou a ler.

~~~

Resumo da história:

Samantha era uma mulher de negócios de sucesso.

Ela tinha um grande escritório em um escritório corporativo.

Ele havia se acostumado a dar ordens a homens fortes.

A empresa em que trabalhava foi adquirida por outra empresa.

De repente, ela tinha um novo chefe homem.

O novo chefe de Samantha era muito diferente de todos com quem ela havia trabalhado no passado.

O novo chefe não se intimidou com ela ou sua beleza.

Ele exalava confiança e o apelo sexual de Samantha não funcionou com ele.

Ele imediatamente se estabeleceu como o responsável.
~~~

Ele se estabeleceu como seu superior.

No final da história, ela recebia visitas semanais dele ao seu escritório particular para que ele soubesse que ela era submissa.

Samantha se viu amarrada e chicoteada em sua própria mesa.

Ele usou o buraco que melhor lhe convinha.

Às vezes ele fodia-lhe a boca, outras vezes fodia-a analmente.

Essa era sua nova função na empresa.

~~~

Cynthia fechou o livro e abriu os braços e as pernas na cama.

Houve uma sensação de formigamento entre suas coxas.

No fundo, ela se sentia culpada por ficar excitada com uma história em que um homem degradava sexualmente uma mulher forte.

Mas ela estava animada de qualquer maneira.

A tarefa do professor era clara: ele queria que ela usasse o vibrador.

Ele enfiou a mão na gaveta para pegar o brinquedo sexual.

Então ele tirou completamente a roupa de baixo.

Ela deitou na cama com as pernas abertas e começou a acariciar sua boceta com os dedos.

Quando ela estava suficientemente excitada e molhada, ele inseriu o brinquedo sexual dentro dela.

O brinquedo entrava e saía da sua rata.

Ele manteve os olhos fechados.

Ela imaginou pensamentos obscenos sobre a personagem feminina do livro sendo fodida oralmente enquanto estava amarrada à sua mesa.

Ela tentou manter sua masturbação silenciosa para que Teresa não a ouvisse.

A sua mente manteve-se ocupada, assim como os seus dedos guiando o brinquedo sexual.

Em pouco tempo, os dedos dos pés se curvaram e as costas arquearam ligeiramente.

Ela fechou a boca para não emitir gemidos altos.
~~~

Ela chegou.

Então seu corpo relaxou e ele se deitou na cama com uma sensação de felicidade.

Tinha sido uma fantasia muito suja.

Se eu tivesse descoberto isso antes...

CAPÍTULO III

No dia seguinte.

Eram oito horas da manhã.

Cynthia seguiu as instruções que o professor lhe enviou por e-mail.

Ela estava usando um lindo top de botão com uma saia lápis tipo escritório.

Em vez de se encontrarem em seu escritório, eles se encontraram do lado de fora de uma sala de aula vazia, que ele destrancou com a chave.

Ele estava carregando um saco de papel.

Depois que eles entraram na sala de aula, ele trancou a porta.

"Sente-se", disse ele, acendendo as luzes.

"Estou um pouco nervosa hoje", disse Cynthia quase brincando enquanto caminhava pela sala vazia.

"Porque?"

"Tudo o que temos feito. Esta sala de aula."

"Não fique nervoso", ele respondeu. "Você não precisa estar."

"Espero que não."

Cynthia estava sentada na primeira fila da grande sala de aula.

"Boa escolha", ele sorriu. "Boas garotas sempre sentam na primeira fila. Eu gosto de boas garotas."

"Você já fez isso antes?"

"Feito oque?"

"Isso", ela respondeu. "Você fez outros alunos fazerem coisas sexuais por você em troca de sua carta de recomendação ou de uma boa nota?"

"Tenho uma carreira acadêmica de prestígio, Cynthia. Não arriscaria minha reputação cobrando favores de estudantes aleatórios."

"Então por que fazer isso comigo?"

"Porque você é especial", ele disse sem rodeios. "Você me intrigou desde a primeira vez que te vi. Você me intrigou toda vez que fala em aula e toda vez que leio seu trabalho. Você é uma pessoa especial. E é a aluna mais linda que já tive."

"Palavras lisonjeiras, mas como você sabe que não vou registrar uma queixa contra você por assédio sexual? Já fiz isso antes com outros homens."

"Você não vai. Você está muito determinado a acabar com isso agora. Tenho algo que você deseja desesperadamente. Então, devemos começar agora? Quanto mais cedo começarmos, mais cedo terminaremos."

Ela assentiu lentamente.

"Avançar."

"Você leu a história ontem à noite?"

"Eu fiz."

"O que você acha disso?"

Ela pensou por um momento.

"Pensé que era excitante. Nunca había leído ese tipo de cosas antes. Siempre sentí que el sexo debería ser de iguales entre hombres y mujeres. Todo debería ser igualitario. Y obviamente mis inclinaciones políticas están en el lado feminista. Pero fue muy emocionante leerlo . Eu gosto muito."

"Presumo que você se masturbou com o vibrador novamente."

"Eu fiz."

"O que especificamente você pensou ao fazer isso?" perguntado.

"A personagem feminina está amarrada à sua mesa. Ela está sendo usada. Esse tipo de coisa. Essa foi a parte mais erótica da história."

O professor apontou para sua bolsa marrom.

"Achei que você iria gostar daquela cena. Felizmente vim preparado. E felizmente estamos em uma sala de aula vazia com uma mesa grande. Gostaria de experimentar algo novo?"

"Eu não acho ..."

"A porta está fechada, Cynthia. Ninguém jamais saberá. E eu nunca direi. Tenho muito a perder. Vou me aposentar no final do ano e você nunca mais precisará me ver. Também posso ajudá-lo com bolsas de estudo e outras formas de tornar sua educação mais acessível. Podemos ajudar uns aos outros."

Ele lutou emocionalmente por um momento.

"Não sei. Não sou esse tipo de pessoa."

"Eu farei todo o trabalho. Você não precisa fazer nada. Não vou penetrar você por via oral ou vaginal. Só quero explorar."

"E se eu quiser parar?" ela perguntou.

"Então vamos parar."

"OK."

"Venha para a frente da classe. Deite-se com a barriga na mesa dos professores."

Cynthia levantou-se e caminhou em direção à mesa principal.

Ela tentou o seu melhor para fazer uma cara corajosa.

Era uma linha que ela nunca pensou que cruzaria com um homem, mas ela o fez.

Ela estava preparada para deixar seu corpo ser usado por um professor muito mais velho, tudo para continuar sua educação.

Ela jurou para si mesma que ninguém jamais saberia disso.

Ele apoiou a barriga e o peito na mesa, de frente para a sala de aula vazia.

Ela fechou os olhos, quase em estado de vergonha.

Ela ouviu o professor andando atrás dela.

Então ela sentiu as mãos dele deslizarem suavemente pela saia lápis do escritório, levantando-a.

"Relaxe", ele disse. "Serei legal com você. Você está seguro comigo."

A professora puxou delicadamente a calcinha e levantou cada pé para que ele pudesse tirá-la.

Ela se sentia vulnerável e exposta com o vestido puxado para cima e sem calcinha.

Ele ouviu o saco de papel se abrir.

Ela continuou apertando os olhos fechados.

Eu estava com muito medo de olhar.

Então ele sentiu seus tornozelos sendo amarrados com uma corda macia.

Ela não resistiu e não se opôs.

Aconteceu muito rapidamente.

Antes que ela pensasse duas vezes, seus tornozelos estavam amarrados nas pernas da mesa.

O professor deu a volta na mesa e repetiu o processo com os pulsos.

Num processo igualmente rápido, os pulsos de Cynthia foram amarrados à extremidade da mesa.

Ela estava completamente contida e amarrada.

"Por favor, relaxe", disse ele. "As coisas serão mais fáceis assim."

A professora deu um tapa gentil na bunda nua de Cynthia.

Foi um choque e uma surpresa para ela.

Isso fez com que seus olhos se arregalassem.

Mesmo quando ela era pequena, ela nunca havia sido espancada.

Foi uma sensação nova.

Antes que ela pudesse processar emocionalmente a situação, outra surra veio.

Então outro.

As palmadas suaves estavam ficando cada vez mais difíceis.

As palmadas começaram a ecoar na grande sala de aula da universidade.

"Como se sente?" ele perguntou a ele de maneira paternal. "Você é capaz de lidar com isso?"

"Dói um pouco."

"Vai acabar logo. Quanto mais cedo você gozar, mais cedo terminaremos."

Seus olhos permaneceram bem abertos.

Quanto tempo antes de eu gozar?

Ele pretendia fazê-la chegar ao orgasmo e ela não resistiu.

Ela não revidou.

Ela não disse para ele se foder.

Seus valores feministas estavam se desgastando e, no fundo, ela gostava disso.

Ele ouviu o som do professor enfiando a mão na bolsa marrom.

Eu estava nervoso e não sabia o que esperar.

Quando ele largou a bolsa, ela descobriu o que estava procurando.

Houve outro tapa em seu traseiro exposto.

Não foi com a mão dele.

Agora eu tinha uma pequena pá de borracha.

A pá doeu mais do que a mão nua.

Tive uma sensação de ardor.

Ele continuou a bater em sua bunda nua.

Começou a doer mais.

Sua bunda ficou com um tom brilhante de vermelho.

Ela mordeu o lábio inferior e tentou não chorar como uma garotinha boba.

Ela não queria parecer fraca diante de seu professor forte e dominador.

A dor cresceu.

O professor continuou a bater com mais força e mais rápido.

Ela queria chorar.

De repente, ele parou.

Ela o ouviu colocar a pá sobre a mesa e então ele se ajoelhou para acariciar suavemente seu traseiro ardente.

Ele esfregou de maneira gentil.

Ele deu-lhe beijos suaves.

Então ele se abaixou e brincou com seu clitóris inchado.

"Ah..." ela gemeu.

Ela conseguiu evitar fazer barulho durante a surra, mas não por causa da estimulação direta do clitóris inchado.

A professora esfregou seu clitóris em um movimento circular rápido com dois dedos.

Com a outra mão, ele continuou a acariciar seu traseiro dolorido.

Ele continuou a beijar suavemente a bunda dela como se a estivesse adorando.

Ele até deu algumas lambidas.

"Acho que vou gozar", ela admitiu embaraçosamente.

"Goze para mim, querido. Seja minha gatinha sexual e tenha um orgasmo maravilhoso."

Ele pressionou o rosto contra seu traseiro dolorido e continuou a esfregar furiosamente seu clitóris.

Os olhos de Cynthia reviraram-se.

Sua boca estava bem aberta.

Seu corpo ficou tenso.

Os músculos de suas costas e pernas se contraíram, mas não havia como ele se mover, pois seus membros estavam amarrados à mesa.

Gemidos suaves escaparam de sua boca.

Logo, um pequeno rio de fluidos claros jorrou de sua boceta quente.

O professor não interrompeu os movimentos com os dedos até que tudo saísse.

Então ele deu outro beijo na bunda dela.

O professor se levantou e beijou Cynthia na lateral do rosto.

Ele beijou o cabelo dela algumas vezes também.

Quando o professor desamarrou Cynthia, ela sentou-se no chão em posição fetal.

Seu corpo parecia gelatina.

Sua força se foi.

O professor sentou-se no chão ao lado dela.

"Você é maravilhoso", disse ele. "Realmente maravilhoso."

"Era isso que você queria?" ela respondeu com uma respiração profunda.

"Foi mais do que eu queria. Você é realmente incrível."

"Isso significa que terminamos?" Ela perguntou, sem saber se ele queria que aquilo acabasse ou não.

"Não. Não estamos nem perto de terminar. A partir de agora, você tirou A+ na minha classe. Mas você ainda não conquistou minhas conexões. Se você continuar, farei o meu melhor para conseguir você na faculdade de direito de sua escolha. E eu vou ajudá-lo a conseguir bolsas de estudo para pagar tudo.

"Oque tenho que fazer?"

"Agora, quero que você continue estudando para os outros exames. Você é um aluno tipo A. Você deveria agir como tal."

"E depois?" ela perguntou. "O que acontecerá depois que ele fizer os exames?"

"Você está planejando ir a algum lugar? Você mora perto da casa da sua família? Ou está hospedado em um dormitório comunitário?"

"Eu divido um apartamento com meu colega de quarto. Nós dois vamos para casa depois da semana de provas finais. Temos vôos agendados. Por quê?"

O professor passou a mão pelos cabelos.

"Cancele seu voo. Remarque para alguns dias depois."

"Mas minha família? Eles estão me esperando em casa em breve."

"Só precisarei de alguns dias. Diga a eles que você está terminando um projeto importante para a escola. Eles entenderão."

"O que vamos fazer?" ela perguntou.

"Cuando tu compañera de cuarto se vaya, quiero visitar tu departamento. Quiero ver cómo vives. Quiero tomar mi tiempo contigo. Quiero que estemos solos juntos. Tengo curiosidad por ti a nivel personal. Como te he mencionado antes, estoy muy interesado en ti . Me fascina ".

"E quanto a... sexualmente... Quais são seus planos para mim?"

Ele sorriu.

"Nós vamos descobrir isso."

"Você não vai foder comigo. Eu tenho um namorado e é aí que eu estabeleço o limite."

"O que você pode fazer por mim então?"

Ela pensou por um momento.

"Você pode me bater de novo."

"Você vai chupar meu pau?"

Ela assentiu hesitantemente.

"Tudo bem. Mas seria isso."

"É melhor irmos. Não se esqueça da sua calcinha. Ela está sobre a mesa. E não se esqueça dos nossos planos. Eu prometo que tudo valerá a pena."

Com isso, o professor se levantou e colocou as cordas e o remo de volta na sacola marrom.

Então ele saiu, deixando-a sozinha na sala.

Cynthia continuou sentada em posição fetal enquanto organizava seus pensamentos.

A sensação orgástica ainda fluía por seu corpo.

Ele ainda não sabia dizer se amava a experiência da escravidão ou se a odiava.

Mas a pequena poça de líquidos que ele deixou lhe deu a resposta.

QUARTA PARTE
ALÉM DO ACORDADO

45

Uma semana depois.

Cynthia olhou pela janela de seu apartamento para apreciar a vista que se desenrolava do lado de fora de sua casa.

Eu estava sozinho.

Teresa já havia saído depois de terminar todos os exames finais.

Cynthia deveria ter ido embora também.

Ela deveria estar em casa com sua família agora.

Em vez disso, ela estava esperando pelo professor.

Eu já tinha dado o endereço a ele.

Ela esperou em estado meditativo que ele viesse.

Ela estava usando um lindo vestido azul.

Era elegante e casual.

Ela estava descalça e não usava nada por baixo do vestido.

Tudo o que ele fez com o professor foi contra sua natureza.

Ele era contra os fortes valores com os quais foi criado.

E foi contra os valores que queria defender como futuro advogado.

Mas a professora deu-lhe o melhor orgasmo da sua vida.

Pensei naquele orgasmo todos os dias.

Ele se masturbava pensando na professora todas as noites.

Ele se perguntou o que ele havia planejado.

A campainha da porta da rua tocou e ela deixou o professor entrar no prédio.

Ela abriu a porta do apartamento e esperou por ele.

Quando ele saiu do elevador para o andar de seu apartamento, ela sorriu para ele.

Ele estava vestido com uma roupa semi-casual e carregava um saco de papel marrom.

Eles se cumprimentaram e ele entrou em seu apartamento com confiança, como se morasse lá.

Cynthia fechou a porta e ele olhou ao redor da sala depois de tirar os sapatos.

"Lindo lugar", disse ele, enquanto continuava a examinar a sala.

"Obrigado. Moro aqui há quase quatro anos com minha colega de quarto. Fizemos o melhor que pudemos."

"Você contou ao seu colega de quarto sobre isso?"

"Não. Pelo amor de Deus, não. Eu não contei a ninguém. E nunca contarei."

"Eu deveria continuar assim", ele assentiu. "Você está linda nesse vestido. Você é como um presente esperando para ser aberto."

"Obrigado", ele respondeu nervosamente. "Posso pegar algo para você beber?"

"Estou bem. Você se importa se sentarmos e conversarmos?"

"Claro."

Ambos se sentaram no sofá da sala.

"Tenho um presente para você", disse ele.

Ele enfiou a mão na sacola marrom e entregou um envelope a Cynthia.

Ela o abriu e viu uma carta digitada em um pedaço de papel que continha as marcas e títulos oficiais da universidade.

Ele rapidamente folheou a página.

Era uma carta de recomendação entusiasmada do professor, que dizia que Cynthia era sem dúvida a aluna mais inteligente que ele já conhecera.

Ele também elogiou calorosamente seu caráter moral e ética de trabalho.

Houve até uma longa declaração sobre a paixão de Cynthia pelos direitos das mulheres.

"Eu... estou sem palavras", ela conseguiu dizer. "Isso é maravilhoso. É melhor do que qualquer coisa que poderia ter sido escrita para mim."

"Você provavelmente não precisará dessa carta. Já falei com um velho amigo que trabalha em uma faculdade de direito de primeira linha. Sua inscrição receberá uma avaliação especial."

"Que escola?"

"Um nível superior. Você ficará muito feliz lá. Também conversei com as pessoas sobre possíveis bolsas de estudo. Tudo será acertado nesses dias."

Ela colocou as mãos no peito dele.

"Você não tem ideia de como isso me deixa feliz. Quer dizer, UAU. Isso é mais do que eu poderia esperar. Isso realmente vai mudar minha vida."

"Nunca fiz tanto por um aluno. Só estou fazendo isso por você."

"Não sei o que dizer".

"Você não precisa dizer nada", ele disse severamente. "Se você quiser expressar sua gratidão, tire o vestido."

Foi um momento preocupante.

Seu momento despreocupado de excitação foi enfrentado com a realidade de que havia condições a cumprir.

Ela respirou fundo e se levantou.

Seus olhos estavam focados um no outro.

Seus dedos beliscaram a barra do vestido azul.

Ela então levantou o vestido sobre a cabeça para revelar suas pernas finas, buceta raspada e seios pequenos e empinados com mamilos rosados.

Ela ficou nua diante dele, tentando ao máximo manter uma expressão corajosa.

Ela tentou não demonstrar nenhum sinal de nervosismo ou excitação.

Mas seus dedos ligeiramente trêmulos traíram seu nervosismo.

E seus mamilos rosados e endurecidos ficaram completamente rígidos, mostrando sua excitação.

"Perfeito", disse ele, seus olhos vagando pela nudez dela da cabeça aos pés. "Você é uma visão de perfeição."

"Obrigado."

"Tenho certeza que você está se perguntando o que há na bolsa. Você parece nervoso. Não se preocupe, não sou um sádico. Sou apenas um homem normal com uma fantasia muito comum."

Seus olhos continuaram a percorrer cada centímetro de seu corpo, absorvendo sua beleza.

"Que fantasia é essa?" Ela perguntou com curiosidade genuína.

Ele se levantou e enfiou a mão na bolsa.

Pensou por um momento em dar uma resposta definitiva à pergunta de Cynthia.

"Eu adoro mulheres inteligentes e independentes. Alguém como você. Encontrei literatura sobre escravidão sexual anos atrás e me senti estranhamente atraída por ela. Me senti muito culpada por isso, porque sempre fui uma grande defensora dos direitos das mulheres." como você. Mas é apenas uma fantasia sexual, certo? Ninguém se machuca. E todo mundo gosta disso. Você não concorda?"

" Sim ".

"É uma fantasia muito comum. Não há vergonha em aproveitá-la. Não deveria haver."

O professor tirou um colar preto da bolsa.

Parecia erótico, mas intimidante.

Foi feito especificamente para fins sexuais.

"O que é isso?" ela perguntou.

"É um colar para o seu pescoço. Acho que vai ficar bem em você. Está escrito 'vagabunda' nele. É um nome divertido para o nosso tempo juntos."

"Você já fez isso com outras mulheres?"

"Não. Nunca tive coragem. Nunca fui muito corajoso."

"Você tem o meu agora."

Ele sorriu.

"Você está certo. Eu peguei você. Agora relaxe enquanto coloco a coleira em você."

A professora colocou a sacola no sofá e penteou o cabelo de Cynthia.

Ele enrolou o colar em volta do pescoço e começou a apertá-lo.

Ele teve cuidado para não deixar muito apertado.

Eu não queria que ele ficasse sobrecarregado ou sufocado.

Ele só queria fazê-la se sentir um pouco desconfortável, e ele o fez.

Quando ele recuou, Cynthia estava nua, exceto pelo colar com a palavra PROSTITUTA colocada na frente de sua garganta.

"Olhe-se no espelho", disse ele.

Cynthia foi até o espelho da sala, que ficava bem ao lado da porta da frente.

Ela olhou para seu corpo nu.

Ela olhou para a coleira em volta do pescoço que a rotulava de prostituta.

Foi contra todos os princípios que ela defendeu.

Ela sentiu vergonha de si mesma.

Mas ao mesmo tempo ela se sentiu muito animada.

Ninguém pode saber nada sobre isso.

Nunca.

"O que você acha?" Ele perguntou, parado atrás dela com uma corda nas mãos.

"É uma visão provocativa."

"É. Agora junte as mãos. Vou amarrar você."

Cynthia juntou as mãos e o professor amarrou seus pulsos com uma corda preta e macia enquanto ainda estava atrás dela.

Não demorou muito.

Em poucos instantes, suas mãos se uniram.

"Agora que?" Ela perguntou a ele.

Ele casualmente voltou enquanto olhava para ela.

Ele ficou no centro da sala e olhou-a diretamente nos olhos.

"Agora eu quero que você chupe meu pau. Tenho certeza que você é muito bom nisso. Quero que você seja uma gatinha sexual obediente e me mostre o quão bom você pode chupar."

Cynthia caminhou em direção a ele com as mãos amarradas.

Ele era muito mais alto que ela.

Após um breve contato visual, ela se ajoelhou e começou a desabotoar as calças dele com as mãos amarradas.

Ela puxou as calças até os tornozelos para revelar um pênis semi-ereto.

Ela olhou para ele por um momento.

Era um pouco maior que o do namorado dela.

Ele segurou-o na mão e acariciou-o brevemente antes de parar para pensar.

Ela hesitou.

"Quero que você saiba que normalmente não faço isso", disse ele após refletir. "Eu só fiz esse tipo de coisa nos relacionamentos. Sempre fui contra as mulheres que usam seus corpos ou sua sexualidade para conseguir o que querem."

"É exatamente por isso que quero meu pau na sua boca."

O comentário a ofendeu um pouco.

Mas ainda assim causou um arrepio entre suas pernas.

Ela se inclinou para chupar seu pau.

Ela sempre adorou chupar o pau de todos os seus namorados.

Era algo que ele gostou desde a primeira vez que fez isso.

Tornou-se uma experiência sexual muito excitante para ela.

E nunca houve reclamações.

Ela sempre recebeu ótimas críticas por suas habilidades em sexo oral.

Com os lábios enrolados no pênis, ela balançou a cabeça enquanto chupava.

Seus pulsos amarrados limitavam o movimento da mão.

A sua língua rodou à volta da cabeça e do pénis.

Ela olhou para a professora acima dela enquanto continuava a chupar.

Eles fizeram contato visual, o que foi um tanto excitante e parcialmente humilhante.

Ela desviou o olhar quando começou a levar seu pênis mais fundo em sua boca.

Então ela chupou cada uma de suas bolas.

"Você é ótimo nisso", ele gemeu. "Eu sabia que você estaria. Você tem os lábios perfeitos para isso."

"Obrigado", sussurrou ele, depois de retirar brevemente a sua pila da boca dela.

Ela voltou ao trabalho, na esperança de fazê-lo gozar o mais rápido possível.

Quanto mais esforço ela fazia para chupar seu pau, mais excitada ela ficava no processo.

Ele não precisou tocar sua boceta para perceber que ela estava encharcada entre as pernas.

"Isso é o suficiente por enquanto", disse ele. "Quero que você se incline sobre a mesa da sala de jantar. De bruços. Vamos fazer sexo em um momento."

Ela olhou para ele atordoada.

"Nosso acordo era um boquete. Só isso."

"As ofertas sempre podem ser melhoradas."

"Por favor. Acabei de concordar em fazer um boquete em você."

"Toque-se entre as pernas. Seu corpo sabe o que quer. Se você estiver seco , então sairei e lhe darei tudo o que você quiser. Se estiver molhado, ainda temos trabalho a fazer."

A professora foi persistente.

Cynthia sabia que fazia sentido.

Seu coração queria isso.

Sua boceta queria isso.

Não havia sentido em lutar.

Faça o que fizer com isso, será bom.

Ele vai fazê-la gozar novamente.

Então, por que recusar?

Ele se levantou e caminhou em direção à mesa da sala de jantar, que ficava a poucos metros de distância.

Ela se inclinou, colocando as mãos, o rosto, os seios e a barriga sobre a mesa.

A mesa onde ela compartilhou inúmeras refeições com sua melhor amiga tornou-se de repente um local de satisfação sexual.

Ela se perguntou o que ele faria a seguir, mas não tinha ideia.

Ela não sabia o que esperar.

Ele ouviu o som da bolsa sendo arrastada enquanto o professor procurava.

O professor amarrou as mãos amarradas nas pernas da mesa usando mais corda preta.

Os pulsos de Cynthia estavam completamente contidos e não havia como ela mover os braços.

O professor também amarrou cada um dos tornozelos no fundo da mesa.

As pernas de Cynthia estavam abertas, e a sua rata e ânus estavam bem abertos.

"Você sabe o que é um flagelo?" perguntado.

"Sim", ele respondeu nervosamente.

"Vou usar em você. Não se preocupe. Não vou machucar você. Pode doer um pouco. Deixe-me saber se for demais."

Cynthia apertou a corda com força quando o chicote atingiu suas nádegas.

O segundo golpe foi mais forte.

Ele se lembrava muito bem da sensação da última surra.

Era uma sensação que ele nunca esqueceria.

Mas a flagelação foi muito mais poderosa que a pá.

Cada ponta da flagelação enviou uma sensação de formigamento em sua boceta e espinha.

Cada extremidade do flagelo a estimulava sexualmente.

A flagelação passou para a parte superior das costas.

O clique foi alto perto de seu ouvido.

Doeu.

Ela começou a gemer toda vez que era atingida.

A dor tornou-se cada vez mais aguda.

Mas o prazer também.

Tornou-se uma combinação poderosa e perfeita.

Ele bateu-lhe com força nas costas e a rata dela ficou molhada.

Ela gemia alto a cada golpe.

Quando as costas dela ficaram vermelhas, ele direcionou a atenção do chicote para baixo, atingindo a parte de trás das coxas dela.

A área era tão sensível que quase a fez gritar.

Cynthia agarrou a corda com mais força na esperança de aliviar a dor.

A flagelação passou para cada uma das nádegas de Cynthia.

Foi o lugar que mais lhe deu prazer.

Cada ponta do chicote a atingiu com força e a deixou com mais tesão.

A flagelação parou por um momento misericordioso, e o professor inseriu dois dedos dentro de sua boceta.

"Meu Deus", disse ele. "Você é como uma torneira. Coitadinho."

"Eu... preciso gozar."

Ele sorriu.

"Em alguns momentos, querido. Precisamos terminar nossas preliminares primeiro."

O professor voltou à posição de chicote e bateu suavemente em Cynthia bem entre as nádegas.

Ela gemeu quando as pontas da palmada atingiram diretamente a pele ultrassensível de sua boceta e ânus.

Ele deixou que ela se adaptasse à dor por um momento antes de enviar outro golpe em sua direção.

Ele continuou espancando sua boceta e ânus.

Ele baixou a palmada e usou a mão aberta para dar um tapa em sua sensível área sexual.

A surra foi gentil no início.

Mas então ele aumentou a força para cada palmada.

Ele até fez questão de bater em seu clitóris inchado, o que a fez gemer como uma prostituta.

Sua mão ficou úmida com os fluidos da boceta de Cynthia após cada palmada.

"Acho que você está pronto. Quer gozar agora?"

"Sim", ela gemeu.

"Você tem sido uma boa menina. Então é justo que eu faça você fazer isso."

Ele enfiou a mão na bolsa novamente.

Cynthia não conseguia ver o que o professor procurava.

Tudo que ouvi foi o barulho do mercado de ações.

Ela então sentiu os dedos dele espalharem seus lábios enquanto ele inseria um objeto.

Era um brinquedo sexual.

Suave e perfeitamente formada.

Deslizou facilmente em sua boceta devido ao seu tamanho pequeno, o que a decepcionou um pouco.

Ela precisava de algo maior.

O objeto sexual retirou-se de sua boceta, o que a decepcionou novamente.

Quando o objeto pressionou o anel externo de seu ânus, ela percebeu o que estava acontecendo.

A professora só inseriu o objeto na buceta para lubrificá-la.

O objeto sexual era destinado à bunda dela.

Ela se preparou enquanto o pequeno brinquedo sexual era lentamente empurrado em seu ânus.

Penetrou no anel apertado e entrou em seu reto.

O professor não teve pressa e fez as coisas devagar, sem querer machucá-la.

E ela gostou da sensação de se sentir esticada.

Logo, ele esqueceu a dor que sentiu com o açoitamento.

A ligeira dor do brinquedo sexual no seu rabo era muito mais poderosa e excitante.

Assim que o pequeno brinquedo sexual estava dentro de sua bunda, a professora o deixou ali como estímulo.

Então, o som de um pacote sendo aberto ecoou na sala silenciosa.

"O que você está fazendo?" Cynthia perguntou com o rosto ainda abaixado.

"Estou colocando uma camisinha. Vou foder sua boceta porque você é uma vagabunda."

Essas palavras enviaram um arrepio em sua espinha e uma emoção em sua boceta.

Mesmo com os tornozelos amarrados, ele fez o possível para abrir ainda mais as pernas.

Ela queria ser fodida.

Ela queria ser usada como um pedaço de carne.

Ela sabia que a professora não a decepcionaria.

Ele agarrou-lhe as ancas com força e pressionou a sua piça dura contra os lábios dela.

Ele empurrou suavemente e entrou.

Foi uma entrada fácil, pois ela estava espalhada e profundamente excitada.

A boceta de Cynthia era uma massa de desejo quente.

O professor saboreou a sensação da bucetinha de sua estudante universitária.

Então ele empurrou todo o caminho, fazendo Cynthia pressionar o rosto na mesa e ofegar.

O professor colocou as duas mãos nos ombros de Cynthia, puxando-a para cima.

Ele moveu lentamente os quadris, fodendo-a.

Cynthia gemia cada vez que ele empurrava seu pau em seu corpo.

Com as mãos amarradas, ele apertou com força enquanto puxava a corda.

Sua buceta delicada estava recebendo uma foda forte e seus gemidos ficaram mais altos.

Ele acariciou o cabelo dela com uma mão, certificando-se de que estava atrás das costas.

Então ele se abaixou com a mesma mão para acariciar um de seus seios pequenos, beliscando o mamilo rosado e inchado.

"Você é minha puta?" Ele perguntou com uma voz depravada.

"Sim."

"Diz."

"Eu sou sua prostituta", ele gemeu. "Sua puta suja."

Ele continuou a fodê-la ainda mais.

Ele continuou apertando o ombro dela com uma mão e flexionando o peito dela com a outra.

"Você não é feminista comigo, é?"

"Não."

"O que você está?" perguntado.

"Eu sou sua prostituta", ele gemeu. "Eu preciso ser tratado assim."

Ele a fodeu ainda mais forte.

Seu sexo quente fazia barulhos altos de sua virilha batendo em sua bunda macia toda vez que ele dava uma estocada.

Seus gemidos se transformaram em ruídos respiratórios erráticos quando ele começou a perder o controle dos sentidos de seu corpo.

Ela o soltou.

Ela entregou seu corpo completamente ao professor.

Tudo dela era dele.

Ele usou as duas mãos para acariciar seus seios e beliscar seus mamilos com força, fazendo-a ofegar de dor.

Ele os beliscou com mais força, fazendo-a ofegar um pouco mais.

"Eu... preciso gozar..." ela disse fracamente.

"Fale mais alto!"

"Eu preciso gozar! Por favor!"

Ele sabia exatamente o que fazer.

O professor baixou as mãos.

Um para apoiar seu quadril.

A outra se abaixou para acariciar seu clitóris.

Cynthia gemeu no momento em que ele esfregou seu clitóris em movimentos circulares.

Naquele momento, Cynthia estava sendo estimulada por sua boceta sendo fodida, o brinquedo sexual em sua bunda e o dedo brincando com seu clitóris.

Ela gritou alto, sem se importar se os vizinhos pudessem ouvi-la.

Provavelmente sim.

Quem estivesse ouvindo provavelmente ficaria animado.

Ela não se importou.

Cynthia gritou e seus dedos se curvaram.

Seus braços e pernas puxaram a corda com toda a força, mas sem sucesso.

A parte inferior das costas tentou arquear, mas o apoio era muito forte.

Seu rosto se contorceu de prazer.

Seus olhos se arregalaram.

Ela chegou.

Poderosamente.

Os fluidos estavam por toda parte.

A sua pequena rata tinha-se tornado num galo sexual.

O professor estava se aproximando do orgasmo.

Mesmo quando o corpo de Cynthia ficou mole e sem energia, ele continuou a foder a rata encharcada dela até ficar satisfeito.

Ele injetou grandes quantidades de esperma na camisinha que usava.

Ele grunhiu, e então suas estocadas pararam antes de se deitar nas costas de Cynthia para descansar.

Ambos estavam uma bagunça completa e suada quando o sexo acabou.

Ele continuamente beijava o cabelo da nuca dela.

"Você é uma deusa", ele rosnou, sem fôlego. "Uma verdadeira deusa. Você fez um homem completamente feliz."

Cynthia ainda estava exausta e respirando com dificuldade.

"E sua esposa não faz isso?" Ela disse em um suspiro.

"E teu namorado?" Ele disse igualmente em um suspiro.

Ambos riram.

"Desamarre-me", ela conseguiu falar suavemente novamente com uma respiração leve.

A professora tirou seu pau flácido e coberto de camisinha da buceta dela e começou a desamarrá-la.

Quando ficou livre, Cynthia deitou-se no chão, mergulhada nos seus próprios fluidos vaginais.

O professor sentou-se ao lado dela, acariciando seus cabelos macios.

"Vou te dar o que você quiser. Farei o meu melhor. Você é magnífico."

Ela olhou para ele.

"Você também. Eu nunca... nunca gozei assim antes."

"Temos mais alguns dias para ficarmos juntos. Pretendo aproveitá-los ao máximo. Nos próximos dias, você será minha gatinha sexy e safada. Depois poderá ir para casa, para sua família e seu namorado, e aproveitar seu descanso." ."

Ela sorriu.

" Já estou aproveitando minha folga."

Com isso, Cynthia apoiou a cabeça no colo do professor.
Ela removeu a camisinha molhada.
Ela colocou o pênis flácido na boca e chupou o resto do esperma.
O professor gemeu.

MÉDICA MUITO COMPREENSIVA

"O médico irá atendê-lo imediatamente, senhor; apenas sente-se aí, por favor."

Andrew acenou com a cabeça enquanto caminhava até a mesa de exame e se sentava.

Uma dobra de papel de seda enchia a maca.

Ela abaixou a manga da camisa enquanto a enfermeira fechava a porta atrás dela, suspirando.

Demorou muito para ele se convencer a ir ao médico sobre isso, mas ele finalmente se cansou e estava farto.

Sem mencionar que ele estava frustrado com seu próprio corpo.

Pareceu uma eternidade antes que a porta se abrisse novamente, mas quando a jovem finalmente entrou, quebrando os pensamentos errantes de Andrew, ele concluiu que valia a pena esperar.

"Olá, Sr. Harrison, sinto muito pela espera. Tive muitos pacientes que precisei atender hoje."

A médica foi até sua mesa e pegou uma pasta que a enfermeira havia deixado nela, com as anotações que ela havia feito após as perguntas que me fez sobre o propósito da minha consulta.

"Sem dúvida todos eles encontraram algum motivo para vir vê-lo, doutor, eu sei que certamente o faria!"

Os olhos dele, de um lindo tom de azul que parecia que você poderia nadar, levantaram-se da prancheta para encontrar os seus.

Um sorriso apareceu puxando as bordas de seus lábios.

Lábios muito, muito bem formados.

"Você está tentando me dizer que veio aqui hoje para desperdiçar meu tempo, Sr. Harrison?"

Ele riu.

— Infelizmente, longe disso, Dr. Martínez. Receio ter um problema muito sério, embora o senhor seja a primeira pessoa com quem procurei falar sobre isso.

Ele olhou para sua prancheta.

Enquanto ela estava sentada à pequena escrivaninha lendo, observei ela cruzar as pernas.

Ela era uma mulher latina bastante baixa, mas suas pernas nuas, sob a saia da bata médica, pareciam durar quilômetros.

Andrew se pegou desejando que a saia lápis não terminasse logo acima dos joelhos.

"Diz aqui que você se recusou a falar com a enfermeira sobre a natureza exata de sua visita, Sr. Harrison, então... fale comigo rapidamente, por favor, antes de continuar."

Os ombros de Andrew caíram um pouco, pois esperavam envolver esta mulher em uma conversa um pouco mais privada antes que ela interrompesse seus pensamentos com o propósito de sua visita.

Mas... ela supunha que precisava ter certeza de que ele não era apenas um hipocondríaco que leu muito sobre algum assunto na Internet.

"Eu, uh... bem, parece que tenho alguns... problemas contínuos e persistentes no quarto."

Ela arqueou uma de suas sobrancelhas escuras perfeitas, e ele não podia negar que isso lhe deu um pouco de emoção quando os olhos dela o percorreram com intriga.

"Você parece ser um homem relativamente jovem em... bem, excelente condição física, Sr. Harrison. Antes de entrar em mais detalhes sobre seus problemas, diga-me. Por que você escolheu vir aqui? Parece um novo sintoma ... Eu sei que nunca tive um "Ninguém veio aqui antes com esse problema, então quem recomendou você para mim?"

Bem, para ser sincero, doutor, normalmente não vou ao médico. "Eu realmente não preciso e, na verdade, para esse problema específico, eu... eu realmente não me sinto muito confortável em ir ao médico para falar sobre esse tipo de coisa."

Ela sorriu completamente, desta vez.

Ela colocou a prancheta sobre a mesa enquanto se virava para encará-lo diretamente, colocando as mãos em volta do joelho dele.

"Duas coisas, Sr. Harrison. Primeiro, me chame de Srta. Martinez ou Rosa. Segundo, acho melhor estabelecermos uma premissa agora: você deve ser completamente honesto e direto, ok? Parece que esta é uma situação delicada para você , "Então acho importante tratarmos isso com seriedade e sem preconceitos, pois vamos nos aprofundar em alguns motivos bem pessoais.

"Com certeza, Rosa. E me chame de Andrew, por favor."

Ela assentiu.

"Tudo bem, Andrew. Diga-me, exatamente de que tipo de problema você está falando ? Ejaculação precoce? Dificuldade em desenvolver uma ereção?"

André sentiu as bochechas se encherem de calor, rastejou um pouco sobre a maca, deixando o som do farfalhar de papel, e respondeu:

"Bem, nunca tive problemas antes, nem mesmo na primeira vez. Mas... acho que tenho dificuldade em ficar e permanecer duro. O importante é que não consigo ter orgasmo há mais de um ano. " "

"Deus, um ano inteiro; acho que morreria se isso acontecesse comigo. Você tem alguma ideia de por que isso pode ter começado a acontecer? Alguma mudança ou coisa ruim aconteceu em sua vida, alguma experiência ruim com um amante "Perda de interesse em sua esposa?"

"Oh, eu não tive nenhum problema com minha esposa ou qualquer amante."

Rosa sorriu, mas fez um gesto encorajador para que ele continuasse quando parou para pensar.

"Realmente não consigo pensar em nada. Vivo na mesma situação há vários anos. Casei-me há um tempo e não tenho novos amantes há alguns anos."

"Você diria que normalmente tem uma vida sexual ativa? Ou algo mudou desde que isso começou a acontecer?"

André encolheu os ombros.

"A situação certamente mudou desde que isso começou a acontecer. Quer dizer, tenho alguns amigos com quem gosto de fazer sexo, já que temos um entendimento mútuo. Minha esposa não me toca há algum tempo, então não houve muita coisa. de vez em quando encontro uma mulher num bar, o que pode parecer que havia mais do que uma amizade, mas no final ninguém que só... faz desaparecer o problema de não ficar duro, eu acho. ".

"E esses seus amigos, as garotas com quem você se relaciona sabem que você tem outros amigos? Que você tem uma esposa? Eles concordam com isso? Ou você mantém isso em segredo?"

André balançou a cabeça.

Rosa se inclinou para frente enquanto falava, e ele percebeu que sua blusa, embora não fosse curta, parecia ter grandes espaços entre os botões.

O estetoscópio que ele colocou em volta do pescoço ficou preso em um deles e parecia oferecer uma pequena visão de algo roxo por baixo enquanto ele mudava de posição e puxava o tecido.

"Se estou em um relacionamento consensual, não preciso mentir para elas. Não escondo nada se elas me perguntarem. Certifico-me de que fique claro que as outras meninas também são minhas amigas e que estou casada se tiver interesse. E acontece também que tem amigas que devo dizer que ela gosta muito de sexo. Porém, se alguém quisesse caminhar para a exclusividade, claro que eu falaria com ela para que ela não continue fazendo isso. Ou então o relacionamento seria cortado. As reações são... mistas, mas muitas vezes isso "Isso me diz muito mais sobre aquela garota do que qualquer outra coisa poderia me dizer."

"Hmm. E você diria que nunca conseguiria parar de fazer sexo com esses amigos?"

"Eles são meus amigos. Certa vez, eu estava namorando uma garota e progredimos até esse ponto, mas parei de vê-la porque ela estava pensando que eu seria exclusivo dela."

"Como passo isso?"

"Ela aparentemente esqueceu aquele pequeno detalhe que havíamos combinado."

"Entendo. Diga-me; você diria que é poliamoroso ou tem tendências poliamorosas?"

Andrew franziu a testa um pouco, um tanto confuso sobre como isso se relacionava com o seu problema, mas disposto a lidar com isso.

"Eu diria que estou aberto a isso, sem necessariamente precisar disso. Sinto que, desde que um casal seja aberto e honesto com o que querem e esperam do comportamento um do outro, então o sexo deve ser o que eles quiserem. eles."

"E exclusivo?"

"Claro que poderia ser. Entre eles, mas abertos a experiências com outros, sejam ambos juntos ou separados, desde que ambos sejam honestos e estejam de acordo. Certamente já estive em relacionamentos em que cada um de nós compartilhava seus amigos e assim por diante. Como mencionei, o contrário também, exclusividade."

"Mas apenas um?"

"Outros também queriam a exclusividade imediatamente, mas... isso me parece bobo."

Andrew encolheu os ombros, mas Rosa franziu a testa.

"Porquê é isso?"

"Bem, por exemplo, com você. Se começássemos a nos ver. Eu não te conheço, mas certamente te acho atraente. Se começarmos a namorar, suponho que você me acharia atraente também; então, o que há de errado em aproveitar um ao outro? outro sexualmente sem exclusividade, se formos responsáveis?

"Então qual é a diferença entre namoro e amigos com benefícios?"

"Todo o propósito do namoro é encontrar alguém com quem você queira compartilhar sua vida, certo? Idealmente, por um longo período de tempo, se não para sempre, quando se trata de casamento. um com o outro, mas descobriram, juntos ou separados, que não funcionam bem como casal. A longo prazo, ou na união diária. Mas isso não significa que não possam ter um bom sexo e fazer o outro se sentir bem.

Rosa riu.

"Honestamente, essa é uma perspectiva bastante saudável. Eu gostaria de ter alguns amigos com benefícios em minha vida como você, já que preciso desestressar muito ultimamente."

Rosa sentou-se, quase como se estivesse retomando uma atitude profissional.

"Ahem. De qualquer forma, ok; então... não houve nenhum evento, sexual, profissional ou pessoal, que pudesse ter... desanimado ou acrescentado muito estresse, ou algo assim?"

"Não que eu consiga pensar."

"E você não consegue escapar nem de se masturbar? Ou de fazer sexo com algum desses seus amigos com quem você nunca teve problemas antes?"

"Não, de jeito nenhum. E também nunca tive problemas para sair antes. Isso é realmente frustrante."

"E você diz que tem dificuldade em conseguir e manter uma ereção."

"Sim, quero dizer, vou ficar excitado, vou ficar rígido, mas ainda um pouco, uhmmm... solto, se você quiser colocar dessa forma. Isso dificulta a penetração, sabe? E para ser franco , já que dissemos que seríamos, um casal de amigos meus REALMENTE adora isso que eu fico na cabeça, parte da razão pela qual nos tornamos tão bons amigos, e somos MUITO bons nisso. Mas ainda assim ... Posso chegar perto deles, provavelmente mais perto do que com qualquer outra coisa, do que até com minhas próprias mãos, mas não consigo chegar ao clímax.

"Eles também não podem te deixar completamente duro?"

André balançou a cabeça.

Rosa franziu a testa, os lábios franzidos em pensamento.

Ela tamborilou os dedos contra o joelho dele, e Andrew teve dificuldade em não fantasiar sobre como seria ter aqueles lábios ao redor de seu pênis.

Ele ficou excitado assim que ela entrou, mas ele realmente podia sentir seu pênis ficando um pouco rígido cada vez que olhava para aquela pequena abertura conveniente em sua camisa.

De repente, ela se levantou.

"Bem, Andrew, acho que teremos que fazer um exame físico para ter certeza de que descartamos certas coisas. Você se importaria de ficar nu?"

Andrew imediatamente estendeu a mão para começar a desabotoar a camisa.

"Bem, normalmente, Rosa, eu insistiria primeiro em um bom jantar, pelo menos, mas para você..."

Rosa corou um pouco e mordeu o lábio inferior, cruzando as mãos na frente dela.

"Uh... normalmente o paciente espera o médico sair, para poder tirar a roupa e colocar a bata médica. Aí o médico bate na porta e volta a pedido do paciente."

Andrew encolheu os ombros e continuou desabotoando a camisa para expor o peito peludo.

"Qual é o objetivo? Você vai examinar meus órgãos genitais e poderá facilmente me ver sem camisa lá fora em um dia quente de verão. Além disso, você está com pressa e eu não me importo. Não sou tímido. Definitivamente nada que você não tenha visto antes."

Rosa riu, seus olhos vagando pelo torso de Andrew enquanto ele tirava a camisa.

"Bem, definitivamente nada que eu não tenha visto antes, mas... se você concordar com isso, acho que não há problema. E você sabe, obviamente não vai parar de qualquer maneira."

Andrew riu, levantando-se e abaixando-se para começar a desabotoar as calças.

"Ei, certamente não parece que você vai embora também."

Ela sorriu para ele enquanto balançava a cabeça, recuando ligeiramente quando ele desceu do degrau da mesa de exame para ficar no chão.

As calças de Andrew caíram no chão e ele as tirou, olhando para ela com um sorriso brincalhão enquanto enganchava os polegares no cós da cueca boxer.

"Você deveria encarar a grande revelação ou prefere virar e ver mais tarde?"

Ela riu, devolvendo a expressão brincalhona dele, as mãos segurando o estetoscópio.

"Apenas me enfrente; não tenho certeza se posso resistir a bater na sua bunda se você se virar."

"Bem, nesse caso..."

Andrew rapidamente se virou e se abaixou enquanto puxava a cueca boxer, balançando a bunda agora nua na direção de Rosa e virando a cabeça para olhar para ela por cima do ombro.

Ele tinha uma mão cobrindo a boca, rindo baixinho.

"Você é RUIM, Andrew Harrison. Esse é um comportamento muito inapropriado na relação médico/paciente!"

— Se você também não disser nada, Rosa Martínez.

Ela revirou os olhos quando baixou a mão, mas Andrew notou os olhos dela viajando por todo o corpo dele quando ele se virou para encará-la, apoiando as mãos nos quadris.

"E agora?"

Rosa olhou para baixo incisivamente, levantando uma sobrancelha com um sorriso.

"Bem, certamente parece que você não está tendo muita dificuldade agora...!"

Andrew seguiu seu olhar; O pau estava duro, isso era evidente.

Rosa era uma mulher muito atraente e ele se divertia flertando com ela.

"Bem, um cadáver ficaria rígido estando nu no mesmo quarto que você, Rosa; embora não seja o mesmo que uma ereção completa!"

Ela revirou os olhos e sorriu um pouco, mas realmente parecia estar tentando manter um pouco de profissionalismo contínuo.

Ela estendeu a mão para tirar o estetoscópio, mas, ao fazê-lo, alguns botões da blusa se abriram.

Os olhos de Andrew se arregalaram quando ele se virou para abrir uma gaveta.

"Volte para a mesa e eu pegarei algumas luvas..."

Andrew fez o que lhe foi pedido, perguntando-se se os botões abertos levariam a uma visão melhor.

Admirando o traseiro de Rosa quando ela estava de costas para ele, sua mente vagou para vários cenários sórdidos.

"Bem, isso é inconveniente."

Ele se virou para segurar uma única luva médica azul em uma mão e uma caixa vazia na outra.

"Vou ter que comprar uma caixa nova. Talvez você devesse colocar uma..."

"Pshh; por favor! Você tem um. Você não está investigando feridas abertas ou qualquer coisa invasiva. Não estou vazando nada em lugar nenhum. Estou bem se você concordar com isso."

Rosa balançou a cabeça.

"De jeito nenhum, viola não sei quantas regras, e a maior delas é quebrar a esterilização, e..."

"Dra. Rosa. Você precisa fazer um exame físico do local para ter certeza de que não tem nenhuma anormalidade, certo? Não é como se você estivesse ingerindo alguma coisa ou tenha feridas abertas na mão, certo? Você também não vai coloque os dedos em qualquer lugar da sua mão. meu".

Ela olhou nos olhos dele.

"Você pode muito bem precisar examinar sua próstata, falando honestamente."

"Bem, você tem uma luva."

"Eu poderia simplesmente ter andado pelo corredor para pegar uma caixa nova e voltar."

Andrew sorriu, levantando as mãos, encolhendo os ombros e inclinando a cabeça para o lado.

"E ainda assim você não..."

Dra. Rosa revirou os olhos exasperada e rapidamente colocou a luva na mão esquerda, balançando a cabeça para ele.

No entanto, ele podia ver um leve sorriso em seus lábios e enrugar os cantos dos olhos.

"Você é impossível! Abra as pernas, senhor!"

Tentando não demonstrar expectativa, Andrew imediatamente abriu as pernas para dar a Rosa o máximo de acesso possível.

Ele lutou para não suspirar de prazer ao sentir a carne quente, macia e nua da mão direita de Rosa enrolar-se em torno de seu membro, seguida pela luva fria e seca de sua mão esquerda envolvendo suas bolas.

Seus dedos começaram a sondar cuidadosamente seu comprimento enquanto ela manipulava seu saco de bolas, franzindo a testa em concentração e parecendo incrivelmente sexy enquanto se inclinava ligeiramente.

Seus olhos se arregalaram quando a camisa dela caiu um pouco para revelar uma extensão deliciosa e cremosa de seios macios, sustentados por um sutiã roxo com babados.

Ele sentiu seu pulso acelerar, sentiu seu pênis subir com excitação e excitação tanto pelo contato quanto pela visão.

"Não estou sentindo nenhum inchaço ou quebra anormal, então isso é bom. Na verdade, eu posso... ah! Bem, então... alguém certamente está respondendo terrivelmente de repente..."

Ela ergueu o rosto para olhar para ele, e Andrew sentiu outra onda crescente de desejo sexual e tensão crescendo.

Qual seria a sensação de afundar seu pau naquela boca parcialmente aberta e sentir o talento da sua língua em seu pau ansioso?

Ele desviou os olhos nervosamente, com medo de que ela visse a luxúria nua e crua neles.

"Eu uh... bem, Rosa, uhmmm... para ser honesto..."

Foi um...problema cerebral, não apenas devido à técnica puramente de exame clínico que começou a lhe dar essa sensação?

Andrew não tinha certeza.

No entanto, ela sentiu uma vontade quase avassaladora de começar a empurrar contra o aperto dele.

"Andrew, lembre-se; dissemos que seríamos sinceros e honestos um com o outro. Sem preconceitos."

Andrew relutantemente se virou para olhar para ela.

Seu rosto estava calmo, mas... parecia haver algum brilho em seus olhos.

De alguma forma... específica, ela estava franzindo os lábios.

Antecipação?

A visão de suas mãos sobre ele, a proximidade de seu rosto em sua virilha.

Se ela virasse a cabeça, ele provavelmente sentiria o toque da respiração dela contra sua pele.

A visão de seus seios incríveis também era algo espetacular.

A forma como ele inconscientemente a via daquela forma – involuntária, inocente, mas claramente íntima e privada – era inebriante.

Ele sentiu seu pênis tremer em suas mãos, sua excitação parecendo estar fora de controle.

"Então, honestamente, Rosa, já faz muito, muito tempo que não tenho uma mulher claramente inteligente, engraçada, charmosa e simplesmente deslumbrante que me cativa e excita com facilidade. Você tem a mão no meu pau, e eu tenho um vista incrível da sua camisa que me faz perceber há quanto tempo não vejo um par de seios lindos tão grandes e, francamente, não consigo me lembrar da última vez que estive com tanto tesão ou morrendo de vontade de fazer sexo selvagem.

Os olhos de Rosa se arregalaram, sua mão enluvada caiu em sua direção para tocar a dobra da camisa dele enquanto ela olhava para baixo.

Suas bochechas imediatamente ficaram vermelhas e profundas.

Ela olhou para ele, mordendo o lábio inferior, mas ele notou que ela não tirou a mão nua de seu membro enquanto abaixava a mão enluvada, simplesmente direcionando os olhos para seu pau duro e depois de volta para seu rosto.

Seus olhos se encontraram.

André engasgou.

"Eu... eu não consigo... eu tenho... você está duro como uma rocha. Você não tem problema nenhum!"

"Pela primeira vez em mais de um ano. Graças a você. Eu prometo, não estou inventando isso."

O súbito calor dos lábios de Rosa enquanto eles se enrolavam ansiosamente na cabeça inchada do pênis de Andrew fez os dois gemerem.

As mãos de Andrew agarraram as bordas da mesa de exame enquanto observava a boca de Rosa descer sobre seu pênis.

Ele sentiu sua língua macia lambendo, esfregando e provocando a parte inferior de sua ereção enquanto ela o inalava em sua boca.

Ela ronronou em torno de seu pau latejante, chupando-o enquanto seus dedos tomavam um tipo completamente diferente de toque e carícia em suas bolas.

Seus olhos ardendo com uma necessidade intensa que parecia espelhar os seus, observando a reação dele quando ela começou a lhe dar prazer.

Quando a cabeça dela começou a deslizar para cima e para baixo sobre ele.

Ele estava fascinado por suas ações, pelos movimentos rítmicos de seu pênis dolorido e pela sexualidade crua que sentia em seu olhar enquanto ela testemunhava o prazer que ele estava lhe proporcionando.

A alegria que ele obviamente sentiu por ser a fonte disso era indescritível.

Seus olhos se desviaram para os breves e sacudidos flashes de seu decote coberto de sutiã.

Ela se afastou dele, ofegando suavemente, olhando para os botões desabotoados antes de sorrir.

"Queres ver mais...?"

Ele assentiu, tentando não notar o fio de saliva que se espalhava lentamente dos lábios molhados dela até a cabeça brilhante de seu pênis.

Ela estava desabotoando a blusa para ele, deixando-a cair no chão atrás dela e imediatamente estendendo a mão para desfazer os fechos do sutiã.

Ela observou a reação dele enquanto lentamente o retirava de seu corpo, sorrindo alegremente para ele enquanto seus lindos e pálidos seios eram libertados de seu confinamento.

Andrew gemeu baixinho com a visão.

Sem hesitar, ele estendeu a mão para segurar seu seio esquerdo nu.

Acariciou a anatomia quente e deliciosamente macia da Dra. Rosa Martínez.

"Oh Deus... Rosa...!"

Seus olhos se estreitaram, um arrepio visivelmente fazendo-a tremer contra ele.

Ela ergueu a mão, colocando um dedo nos lábios dele.

"Faz muito tempo que um homem não me toca assim... tenho estado tão ocupado que nunca saio muito...! Nós... não podemos fazer muito barulho..."

Ele beijou o dedo dela, deslizando a língua sobre a ponta dele e chupando-o de brincadeira, lentamente, enquanto a observava.

Ele apertou o seio dela com a mão, fazendo-a gemer baixinho enquanto murmurava:

"Isso não deveria ser... tudo sobre mim. Eu quero você, Rosa. Você inteira. Não apenas sua boca, nem mesmo seu peito incrível. Nós dois podemos desfrutar um do outro, fazer um ao outro se sentir bem. "

Seu rosto estava vermelho de excitação (seus seios tinham até um tom rosado) e ele podia sentir seu mamilo duro e saliente contra sua palma.

Ele sentiu a mão dela deslizar para cima e para baixo para agarrar seu pau.

Dando um aperto, um tapa bem deliberado, dessa vez.

"Você está limpo...? Não está...?"

"Se você?"

Ela respondeu dando um passo para trás e estendendo a mão para agarrar o zíper da saia .

Ela lambeu os lábios enquanto observava sua ereção balançar no ar.

Sua saia deslizou pelas pernas sem esforço, seguida de perto por uma calcinha roxa de seda, com corte lisonjeiro.

O cheiro de sua excitação era forte, e Andrew podia ver a umidade brilhante que brilhava na parte interna das coxas de Rosa, literalmente adornando-se ao longo de seus lábios macios.

"Não tenho certeza se podemos durar muito..."

Ele riu baixinho, lambendo os lábios enquanto se sentava na mesa de exame com uma dobra de papel de seda.

Rosa estava subindo no degrau, deslizando uma perna sobre o corpo dele enquanto se acomodava em cima dele, respirando ansiosamente.

Ela agarrou seu pau (sua mão estava tremendo?) e olhou para ele.

Ele deslizou as mãos ao longo da suavidade de seu corpo nu com reverência até que elas pousaram em seus quadris.

Ele a puxou para perto, descansando a ponta latejante contra sua entrada molhada, mas não indo mais longe.

"Você não será a única, Rosa. Eu certamente espero que você esteja bem com isso. Sem preconceitos, lembra?"

Eles lutaram para gemer silenciosamente enquanto ela deslizava sobre ele.

O calor úmido de seu corpo envolveu-o confortavelmente e abraçou sua ereção dolorida profundamente em suas profundezas.

Ela jogou a cabeça para trás, a boca aberta em silêncio, enquanto o tomava completamente.

Ela começou a mover os quadris contra o corpo dele.

Seu peito se ergueu, convidando suas mãos a estender a mão e agarrar os dois, apertando suavemente enquanto ele tremia debaixo dela.

Sua voz trêmula conseguiu permanecer baixa enquanto ele reagia. "Ohhhhh! Deus...!"

Ela plantou as mãos contra o peito dele enquanto abaixava a cabeça para olhá-lo com fome.

Seus quadris começaram a balançar quando ela começou a montá-lo.

As mãos de Andrew deslizaram ao longo de sua pele, acariciando os lados de seu corpo, apertando seus quadris antes de estender a mão para agarrar sua bunda firme e tonificada.

Seus dedos se curvaram contra ela, cravando-se em sua carne enquanto ele a puxava com mais força contra ele, o tempo todo usando as pernas dela para encontrar seus movimentos com suas próprias estocadas.

Ele estava ofegante embaixo dela.

"Sinto-me... tão... bem, Rosa... caramba... bem!"

Ela sorriu timidamente, mas apenas aumentou o ritmo, fodendo-o desesperadamente, com os olhos semicerrados enquanto grunhia de profunda satisfação.

O papel amassou sob Andrew, que já estava fora de controle em reação aos movimentos dela.

Ele tentou não mover tanto a parte superior do corpo, mas até certo ponto não se importou.

Seu pênis latejava ansiosamente dentro dos limites apertados de Rosa, uma dureza completa que ele não conseguia desfrutar há muito tempo.

Ele podia sentir cada ondulação de sua boceta escorregadia enquanto ela o montava .

Cada aperto e tremor de seus músculos internos enquanto eles irrompiam como dois animais.

A sua rata contraía-se cada vez com mais frequência.

O ritmo energético de Rosa tornou-se cada vez mais frenético, até que ela ouviu sua respiração falhar.

Ele viu a coluna dela ficar tensa quando ela se arqueou para trás e sentiu seu clímax em seu pênis.

No entanto, ela não parou de jeito nenhum.

Rosa continuou em frente, mordendo o lábio inferior enquanto gemia de alegria com a boca fechada.

Andrew podia sentir suas bolas apertadas, ele sabia que não iria durar muito mais tempo.

A ideia de que ele iria amolecer novamente, e perder a capacidade de continuar a foder esta linda e sexy deusa, era horrível, mas ele não conseguia evitar.

Foi muito bom.

ISSO foi bom demais.

Ofegante, ele moveu uma das mãos, procurou entre seus corpos suados e colidindo, e encontrou o clitóris dela para esfregar enquanto ele o fodia.

Os olhos de Rosa se arregalaram, seu olhar encontrando o dele novamente enquanto sua boca se abria em um grito silencioso.

Sua boceta apertou em torno dele, ainda mais apertada do que antes .

Completamente incapaz de se conter, Andrew sentiu seu orgasmo, o primeiro em mais de um ano, chegar até ele.

Jatos fortes e grossos de esperma explodiram dentro da boceta de Rosa, fazendo Andrew gemer incontrolavelmente.

Até que Rosa, no meio do próprio bico, bateu com uma das mãos na boca dele para tentar silenciá-lo.

Sua boca sorria descontroladamente enquanto eles tremiam um contra o outro, unidos em seu êxtase.

Com total indulgência pelo prazer dos corpos um do outro.

Seu corpo se contorceu debaixo dela, e ela fez o melhor que pôde para se esfregar contra ele .

Enquanto ele continuava a bombear mais e mais esperma em sua boceta, ela aceitou ansiosamente.

Um ano de frustração sexual reprimida finalmente explodiu no corpo de Rosa.

Cada explosão parecia relaxar toda a tensão nos músculos de Andrew em um nível totalmente novo que o deixou flutuando em um mar de felicidade como se tivesse sido drogado.

Sufocando uma risada ao cair em cima dele, as mãos dele acariciando avidamente seu corpo, Rosa moveu a cabeça sobre o peito peludo dele, ofegante enquanto olhava para ele.

"Não acredito que acabamos de fazer isso...! Deus, foi muita porra..."

Os braços de Andrew envolveram instintivamente o corpo de Rosa, segurando-a perto enquanto suas mãos acariciavam a suavidade de sua pele com reverência.

Seu peito subia e descia rapidamente enquanto ele tentava se recuperar.

Um sorriso apareceu em seu rosto quando ele olhou para ela.

"Um ano, ou pelo menos quase. E sinto que ainda tenho mais."

Ela ronronou de alegria, fazendo seu peito vibrar.

Andrew jurou que podia sentir o espasmo dela ao redor de seu pênis macio e surpreendentemente rígido, ainda alojado dentro dela.

"Eu gostaria de ordenhar você até a última gota, com meu corpo ou com minha boca, mas quanto mais tempo eu ficar aqui, mais provável é que uma das enfermeiras entre... e NÃO POSSO entrar com uma ação judicial entrou com uma ação por negligência ou assédio contra mim!"

Andrew ergueu a mão para segurar o rosto de Rosa, seus lábios encontrando os dela e eles a beijaram lenta e sensualmente.

Ele fechou os olhos, saboreando a sensação dos lábios dela, do corpo dela.

Como alguém se deleitava com o estupor pós-orgástico com uma mulher tão incrível!

"Obrigado, Rosa. Isso foi... incrível. Não consigo descrever como foi bom poder me sentir assim novamente."

As bochechas de Rosa ficaram vermelhas quando ela mordeu o lábio inferior.

"Você realmente quis dizer isso...?

"Você realmente não ficou duro ou chegou ao clímax no ano passado?"

Andrew riu um pouco, ainda esfregando o polegar na bochecha dela.

Sua outra mão moveu-se para segurar seu traseiro nu.

Era bom estar assim novamente com uma mulher.

"O quê, você pensou que eu estava mentindo sobre tudo isso?

"Só para entrar nas suas calças?"

Ela encolheu os ombros, sorrindo um pouco timidamente.

"Não seria a primeira vez que algo semelhante acontece comigo. Isso acontece com a maioria das garotas."

"Eu juro, não tive um orgasmo há mais de um ano e não fiquei tão duro, pelo menos até agora. Esta foi a primeira vez que consegui penetrar uma mulher, muito menos gozar nela ou fazê-la gozar no meu pau, por mais de um ano. Sinto-me eufórico e deliciosamente generoso agora."

Rosa riu, inclinando-se para roubar um beijo rápido de seus lábios, mas sentou-se também.

Ela moveu os quadris contra ele por um momento, sorrindo amplamente ao fazê-lo com os olhos semicerrados .

Mas ela lentamente se libertou de seu pênis.

Um dilúvio de sêmen escapou de sua vagina e deslizou por seu corpo, acumulando-se ao longo de sua pélvis.

"Bem, então, me sinto incrivelmente lisonjeado, bem como imensamente aliviado. Para ser sincero, já faz muito tempo que você não dormiu comigo, embora meu vibrador e eu sejamos amigos frequentes. algo assim antes." .. "

Ela parecia nervosa, mas Andrew não pôde deixar de sorrir.

Embora ele certamente tivesse tido seu quinhão de encontros e sexo casual, isso... era algo completamente diferente, e ele mesmo não tinha certeza do que dizer.

Ela viu a poça de esperma quando se abaixou no chão e quase se virou para pegar algo para limpar, mas ele a observou parar e olhar para ele.

Em seguida, simplesmente incline-se e leve-o de volta à boca.

Sua língua lambendo sua semente derramada enquanto ela o chupava levemente.

Andrew engasgou, as mãos apertando as bordas da mesa enquanto suas costas enrijeciam, mas ele não conseguia desviar o olhar do que estava fazendo.

Seu pênis latejava de prazer, mesmo depois que ela lentamente se afastou dele.

Ela primeiro beijou a ponta de seu membro e depois lambeu alguns fios errantes de sêmen de sua carne.

Ela sorriu timidamente para ele enquanto se levantava novamente, olhando para seu pênis.

Ele estava claramente completamente duro novamente.

"Parece que você não tem nenhum problema em ficar duro agora, Sr. Harrison."

Andrew estremeceu de felicidade, tentando sentar-se para frente, para recuperar suas roupas enquanto observava Rosa se abaixar para pegar as dela.

"Acho que você me curou, senhorita Martinez."

Ela sorriu, mas ao entregar-lhe algumas de suas roupas, ela se abaixou para tocar seu pênis de brincadeira.

"Eu discordo, senhor; acho que você terá que agendar uma consulta de acompanhamento ainda esta semana. Precisamos monitorar de perto sua condição e garantir que não haja recaídas."

Seu sorriso brincalhão vacilou um pouco.

"Isso é sério, mas, mesmo assim, eu... acho que provavelmente podemos descartar doenças físicas, mas... mas queremos ter certeza. Certo, certo?..."

Andrew ergueu a mão, sorrindo suavemente.

"Eu entendo, Dra. Rosa. E eu adoraria voltar para a consulta. Oficialmente, e... até mesmo extraoficialmente, se você concordar com isso. Eu... eu honestamente esperava que você fizesse um exame rápido e encaminhe-me para um psicólogo. Achei que "era um problema mental ou emocional".

Ela corou, mas assentiu enquanto vestia a calcinha.

Um círculo escuro penetrou lentamente no tecido, e vê-lo deixou Andrew ainda mais animado.

Ela foi colocar o sutiã de volta, mas Andrew fez um gesto para que ela se aproximasse, olhando-a com curiosidade.

Ela cedeu, aproximando-se dele novamente.

Ele imediatamente levantou a mão para acariciar seus seios nus com um suspiro suave.

"Obrigado. Me desculpe, você é só... eu acho você incrivelmente sexy, e as coisas estavam tão apressadas, eu... eu não queria perder a chance de tocá-los enquanto eu tinha."

Ela sorriu suavemente, inclinando-se para beijar sua bochecha antes de recuar para vestir as roupas e tentar retomar a discussão oficial em voz alta.

"Provavelmente é isso, mas como você não disse exatamente às enfermeiras o que é a papelada, eu provavelmente deveria... providenciar para que você fizesse outra visita aqui para que possamos ter certeza dos sintomas."

Ele assentiu, levantando-se e começando a vestir suas próprias roupas.

Rosa olhou para ele brevemente enquanto terminava de arrumar as roupas.

Ela alisou a saia lápis, perdida em pensamentos.

Finalmente ele quebrou o silêncio.

"Se você quiser, eu... aceitaria com prazer o seu número de telefone. Para ser honesto, não tenho certeza de como me sinto sobre isso, fora do... calor do momento, mas..."

"Eu entendo perfeitamente, Rosa. Eu sei... nós realmente não nos conhecemos muito bem, mas... espero que você saiba que não levo isso levianamente, posso confiar em mim, e eu... Agradeço muito... tudo o que aconteceu. Eu nunca usaria nada disso para te machucar, ou te machucar intencionalmente de qualquer forma. Se você nunca quiser que isso aconteça novamente, eu aceitaria, respeitaria e entenderia essa escolha, mas espero sinceramente que você não se arrependa e espero poder continuar a ser "Seu paciente, pelo menos. Vim aqui por um motivo, sua história e feedback sobre suas habilidades como médico. Não posso te dizer o quão feliz isso me deixou, ou... como isso me fez sentir um homem novamente.".

Os ombros de Rosa pareceram cair um pouco.

Uma tensão que abandonou sua postura enquanto ele sorria calorosamente.

"Obrigado, Andrew; eu realmente aprecio isso. Eu... realmente gostei muito do que aconteceu também."

"Posso deixar meu número para você então?"

Ela assentiu, virando-se para pegar um bloco de papel e uma caneta.

Então ele ofereceu a ela.

Ele pegou e rapidamente anotou o número dela, depois devolveu para ela.

Ela arrancou o lençol de cima e enfiou-o num pequeno bolso da blusa.

Seus olhos se encontraram, eles permaneceram por um momento, então Andrew sorriu e abriu os braços.

"Você se importaria de um abraço...?"

Ela riu, balançando a cabeça enquanto eles se abraçavam.

Quando eles recuaram e Rosa se virou para recolher suas coisas, seus olhos examinaram o escritório.

Além do lenço de papel na mesa de exame estar horrivelmente amassado, ninguém sabia o que acabara de acontecer aqui.

Andrew, entendendo o que estava fazendo, cheirou um pouco o ar e depois foi até uma das janelas para abri-la.

Rosa sorriu timidamente, assentindo.

"Nesse caso, Andrew... uh, Sr. Harrison, chegaremos ao fundo deste problema que você parece estar tendo, mas precisaremos que você marque outra consulta para acompanhamento ainda esta semana, e quanto mais cedo melhor."

Ele mordeu o lábio, piscou para ela e disse, baixando a voz:

"Não me faça esperar".

NO ESCRITÓRIO

84

"Você precisa de mais alguma coisa, senhorita Sanders?"

Levantei os olhos das linhas e colunas borradas da planilha impressa e pisquei para Vicky, minha secretária, parada na porta do meu escritório, com a bolsa pendurada no ombro direito.

Em algum lugar atrás dela, ela podia ouvir as outras garotas do escritório conversando enquanto fechavam os trabalhos no fim de semana.

Quando suas palavras finalmente foram registradas em minha mente, acenei rapidamente com a cabeça e mexi os dedos.

"Vá em frente . Devo terminar aqui em cerca de cinco minutos. Tenha um bom fim de semana."

Ela estreitou os olhos para mim por um momento, mas apenas repetiu minhas últimas palavras com um sorriso antes de se virar e se juntar aos seus colegas de trabalho.

Sim, ela me conhecia muito bem.

Cinco minutos geralmente eram quinze a vinte em um dia normal. Mas foi na sexta-feira anterior a um fim de semana prolongado de três dias, e com a conclusão de um resumo do relatório trimestral que deveria ser entregue na manhã de terça-feira.

Quem eu estava enganando?

Eu ficaria aqui por pelo menos algumas horas.

E isso só aconteceria se eu pudesse me concentrar em obter os números certos.

Depois da primeira hora, com apenas um pequeno progresso, fiz uma rápida visita à máquina de venda automática na sala de descanso para comprar um refrigerante cheio de cafeína.

De volta à minha mesa, com a carbonatação fazendo cócegas no fundo da garganta por causa de uma bebida profunda, fiquei debruçado sobre a mesa.

Talvez uma perspectiva diferente ajudasse.

Só então ouvi um rosnado baixo.

Longe de me assustar, já que conhecia o dono daquele som, mal levantei os olhos e vi o senhor Robert González encostado no batente da porta, com as mãos nos bolsos da calça justa.

Ele era o epítome de alto e bonito, embora não fosse totalmente negro... pelo menos não na parte que você podia ver.

Seu cabelo prateado estava cortado mais curto nas laterais e nas costas, fazendo-o parecer mais velho do que os quarenta e poucos anos que deveria ter.

E sua pele levemente bronzeada indicava que ela não se importava de estar ao ar livre, embora soubesse que ainda não havia conseguido construir laços com o restante dos executivos do sexo masculino.

"Arrastando as últimas gotas de energia à meia-noite, Erika?"

Arqueei uma sobrancelha bem cuidada e finalmente respondi:

"São seis horas. Ainda é meio da tarde."

Ele encolheu os ombros ligeiramente.

"É meia-noite em algum lugar."

"Em Londres."

"Hum?"

"Se são seis horas aqui, é meia-noite em Londres."

Robert riu.

"Você e seus números."

Revirei os olhos e me inclinei para frente para encontrar o topo de uma coluna da planilha e deslizei meu dedo para baixo.

Um grunhido mais profundo chegou aos meus ouvidos.

Olhei para cima a tempo de vê-lo ajeitando o nó da gravata no pescoço.

Um segundo depois, percebi que ele podia ver a parte de cima da minha camisa.

Levantei-me abruptamente, sentei-me na cadeira e caminhei até a mesa, sentindo minhas bochechas corarem.

Eu mal consegui deixar de sorrir quando ele suspirou.

"O que posso fazer por você, Roberto?"

No momento em que as palavras saíram da minha boca, fechei os olhos e franzi os lábios.

Maldito deslize freudiano.

"Eu não cobro taxa, Erika, mas se você estiver disposta a pagar..."

"Foi um erro", murmurei, fingindo voltar a me concentrar nas páginas impressas espalhadas diante de mim novamente.

Na minha cabeça, implorei sem entusiasmo para que ele fosse embora.

A companhia não era totalmente desagradável.

Mas eu queria fazer este relatório para poder ir para casa e mergulhar na minha banheira de hidromassagem com uma taça de vinho e não pensar em nada até que meu alarme tocasse na terça de manhã.

"Os números resistem, né?" ele disse com uma risada suave.

Houve um leve som de sapatos flutuando no tapete.

Um momento depois, ele estava parado na frente da minha mesa.

Quando olhei para cima novamente, ele tinha uma sobrancelha levantada e seu sorriso se alargou quando ele tirou o paletó, colocando-o nas costas de uma das cadeiras de visitantes.

Engoli em seco quando ele deslizou a mão grande pela frente do colete cinza abotoado, puxando os punhos da camisa branca antes de se sentar na cadeira oposta.

Ele cruzou o joelho direito sobre o esquerdo e cruzou as mãos no colo.

Tentei ignorá-lo enquanto trabalhava, bebendo da minha lata de refrigerante de vez em quando.

E, glória seja dita, os números começaram a fazer sentido.

Não demorou muito até que finalmente consegui começar a escrever meu relatório.

Ele não falou, mas eu podia ouvir sua respiração uniforme.

Sinto seus olhos em mim.

No entanto, eu estava acostumado com isso dos clientes, então a atenção de Robert não me intimidou.

Nem mesmo quando pude ver com minha visão periférica que ele estava desabotoando lentamente o colete e afrouxando o nó da gravata.

Mordi o interior do lábio enquanto ele ajustava sua posição e relaxava no assento, tentando não pensar nele tentando esconder sua excitação.

Com os olhos fixos na tela do computador, apontei em meu relatório de onde vinham nossas perdas e depois esbocei uma proposta de recuperação desses recursos nos próximos dois trimestres.

Poucos minutos depois, sua voz me surpreendeu, lembrando-me de sua presença.

"Parece que você está trabalhando muito duro aí, Erika. Mesmo quando você está me olhando pelo canto do olho. Você acha que eu não percebo essas coisas?"

O nó na minha garganta pareceu surgir do nada.

Na verdade, doeu engolir e desta vez o refrigerante não ajudou.

Uma rápida olhada para ele foi uma má ideia.

Apertei os olhos por um momento e depois pisquei rapidamente para focar novamente.

A cabeça de Robert estava inclinada, o canto da boca se contraindo.

"O que há de errado? O gato comeu sua língua?"

Quando continuei a ignorá-lo, ele fez um som de "tsi, tsi, tsi".

Eu não pude deixar de amaldiçoar baixinho quando ele se levantou e contornou minha mesa, parando diretamente atrás de mim.

"Você está trabalhando demais. É fim de semana. Você deveria estar em casa ou fora se divertindo, não passando tempo no escritório."

Sentindo-o tocar a parte inferior do meu cabelo, estremeci.

Meus dedos tremeram no teclado por um momento.

Até minha respiração estava instável quando exalei.

Maldito seja esse homem.

Isso estava na minha cabeça há dois meses... desde que os chefes nos apresentaram numa reunião corporativa.

Estávamos no mesmo nível de autoridade, mas de departamentos diferentes.

Os detalhes de nossas áreas nem sequer se cruzavam.

No entanto, ele encontrou um motivo para passar pelo meu escritório pelo menos uma ou duas vezes por semana.

Mas nunca depois do expediente.

E nunca tinha sido tão... lançado.

sempre foi profissional, mas dançou na ponta da corda.

Secretamente, desejei que ele lançasse um pouco.

Não para me dar motivos para denunciá-lo, mas para saber com certeza se ele estava realmente interessado em mim... ou se apenas gostava de exibir sua masculinidade.

Ela era a única executiva da empresa.

A maioria dos homens parecia concordar com esse status.

Alguns deles me avisaram no bebedouro que achavam que as mulheres pertenciam ao outro lado da mesa, mas ninguém teve coragem de dizer isso na minha cara.

Rezei para que esse momento nunca viesse de Robert.

E agora?

Tive a sensação de que finalmente veria o lado verdadeiro do homem que assombrou meus sonhos em mais de uma ocasião.

No entanto, eu me arrependeria disso?

estávamos sozinhos

O resto do chão estava escuro além das janelas do meu escritório.

E não havia motivo para mais ninguém estar no prédio àquela hora.

Os zeladores só chegaram na manhã de sábado.

E se as intenções de Robert não fossem honrosas?

E sim...

"Parece que você precisa aliviar um pouco o estresse, não acha?"

Sua voz estava bem perto do meu ouvido, seus lábios roçando levemente, me fazendo ofegar.

Ele afastou meu cabelo enquanto falava.

E então ele mordeu meu lóbulo da orelha.

"Responda-me, Érika."

Fogo e gelo.

Essa é a única maneira que eu poderia descrever o que se movia pelo meu corpo com suas palavras... suas ações.

Eu não conseguia me mover.

Ele mal respira .

E eu definitivamente não tinha uma voz adequada para responder.

Robert de repente colocou as mãos de cada lado de mim na mesa, invadindo ainda mais meu espaço.

Pelo menos eu tinha o encosto fino da cadeira entre nós.

Por agora.

Minhas pernas tremiam.

Graças a Deus eu já estava sentado.

Era isso que você estava esperando, certo?

Lutei para não olhar para ele por medo de perder o último pedaço de controle sobre minhas emoções que tinha se o fizesse.

Mas não pude evitar o pequeno gemido que escapou dos meus lábios quando ele se inclinou para o lado do meu rosto.

Seus lábios tocaram minha orelha novamente.

"Eu sei o que você quer..." ele sussurrou, lambendo meu lóbulo. "O que você precisa."

Sem aviso, ele estendeu a mão e agarrou meu pulso esquerdo, com cuidado, mas com firmeza, removendo-o da mesa e colocando-o atrás da minha cadeira.

Segurando as costas da minha mão em sua palma, ele a colocou firmemente na protuberância de sua virilha.

Eu choraminguei mais alto, fechando os olhos com força.

Ambas as minhas mãos se fecharam instintivamente também, minha esquerda envolvendo ainda mais sua ereção coberta.

Minha boceta apertou com a sensação.

Ele soltou um gemido suave e colocou minha mão de volta na mesa.

O calor de sua presença pareceu diminuir, mas não impediu o tremor que subiu até meus ombros.

Seu hálito quente ainda acariciava minha nuca enquanto ele exalava pesadamente.

Um momento depois, viro-me lentamente na cadeira para encará-lo... deixando meus olhos diretamente alinhados com sua virilha.

Com um suspiro, recostei-me na cadeira, olhando para cima apenas o tempo suficiente para vê-lo lambendo os lábios.

Então segui suas mãos enquanto elas se acomodavam em sua cintura, desfazendo seu cinto de couro.

Ele desabotoou o botão tão lentamente que ela não teve certeza se ele realmente tinha feito isso até baixar o zíper.

Ouvi um gemido dele quando comecei a respirar com mais dificuldade e lambi os lábios.

"E aquela linguinha molhada? Deus, você é tão sexy, Erika", ele rosnou, enfiando a mão na cueca.

Mas ele parou e retirou a mão um segundo depois.

Com as calças penduradas sedutoramente nos quadris, ele agarrou meus bíceps e facilmente me colocou de pé.

Não houve tempo para pensar.

Para expressar minha dissidência.

Num segundo eu estava prendendo a respiração, no seguinte seus lábios quentes pressionaram contra os meus com um fervor que eu nunca tinha experimentado antes.

Aquecer.

Paixão.

Desespero.

Fome.

Tudo isso estava girando na minha cabeça.

Eu estava sentindo tudo isso também?

Sua língua entrou na minha boca, reivindicando-a.

Seus dedos apertaram meus braços, me puxando para mais perto dele.

Minha cabeça foi jogada para trás enquanto ele me pressionava para frente enquanto o resto do meu corpo se apoiava nele.

Sentindo aquele caroço em outros lugares agora.

Me pressionando.

Esfregando-me.

Me excitando.

Eu estava me derretendo com seu beijo quando, em meio a um gemido, me encontrei sentada novamente.

Ofegante.

Me perguntando o que diabos aconteceu.

A respiração de Robert estava irregular.

E ele se encostou na mesa, segurando a borda com as duas mãos.

Olhando para mim, com os olhos arregalados.

Quando olhei para seu peito ligeiramente arfante, ele ergueu meu queixo.

Ele segurou para mim.

Ele então passou o polegar sobre meu lábio inferior antes de pressionar minha boca por um segundo.

Aproveitei a oportunidade e lambi seu dedo, o que o fez grunhir.

Ele empurrou mais fundo.

Logo, eu estava chupando a ponta do polegar até a primeira articulação enquanto ele lentamente o movia para dentro e para fora da minha boca.

Meu queixo ainda estava entre seus dedos.

Meus olhos estavam focados nos dele.

Estávamos ambos emitindo sons suaves de prazer.

E minha boceta não parava de apertar.

A certa altura, sua mão escorregou.

Ele puxou meu queixo para me ajustar e eu caí para frente.

Recuperei o equilíbrio colocando as palmas das mãos em suas coxas.

Bem ao lado de sua virilha.

Como resultado, gemi e chupei seu dedo com mais força.

Seu silvo de surpresa foi sua única reação enquanto continuava a empurrar o polegar para dentro e para fora da minha boca.

Então ele gemeu quando minhas mãos apertaram os músculos firmes sob suas roupas.

Um momento depois, ele se libertou e estava de pé.

Robert enfiou a mão na cueca novamente e rapidamente soltou seu pênis com um suspiro agudo.

A coroa, vermelha e excitada, estava a poucos centímetros dos meus lábios.

A ponta brilhava com uma única gota perolada no centro.

Minha língua caiu da boca em antecipação.

"Vamos."

Sua aprovação áspera me fez gemer e lamber os lábios novamente.

"Vamos, vadia."

Seu corpo balançou um pouco quando meus dedos substituíram os seus e envolveram a textura aveludada de seu membro duro, mantendo-o firme.

Ele gemeu alto no momento em que levei a ponta da minha língua ao olho do seu pau.

Em direção a essa pérola.

Lambendo e levando de volta à minha boca.

Saboreando o sabor salgado de seu pré-gozo.

Era ele quem tremia agora, encostado na beirada da minha mesa, novamente, em busca de apoio.

Raiva subindo em minhas veias, soltei outra lambida.

A parte plana da minha língua, desta vez, na parte plana de sua cabeça flexível.

Outra maldição dele me encorajou mais.

Minha terceira lambida foi mais ousada, girando em torno da coroa.

Uma rápida olhada em seu pescoço esticado e olhos fechados mostrou que eu o tinha onde eu queria ... à minha mercê, mesmo que apenas por alguns minutos.

Selando meus lábios ao redor de sua coroa na próxima lambida, chupei enquanto apertava suavemente minha mão em torno de seu grande pau.

"Porra, vagabunda, como você sabe chupar!"

Eu tinha antecipado seu impulso e recuei, seu pênis liberando com um estalo suave.

Depois de respirar fundo, coloquei-o de volta na boca.

Mais profundo agora.

Chupando enquanto acaricia.

Gemendo quando ele colocou a mão na minha cabeça e gentilmente passou os dedos pelo meu cabelo.

Movendo a cadeira para frente, me deleitei com a sensação contrastante, dura e suave dele deslizando sobre minha língua.

A textura macia de suas roupas enquanto eu passava minha mão livre para cima e para baixo em sua perna... ao redor para acariciar sua bunda.

O cheiro de almíscar masculino em sua pele toda vez que meu nariz se aproximava de sua base.

Mas assim como aconteceu com seu beijo, ele se afastou antes que eu estivesse pronta para parar.

Me deixando gemendo.

Então ele me colocou de pé novamente, onde eu cambaleei sobre os calcanhares.

"Erika," ele retrucou, lambendo os lábios.

Procurando meus olhos.

Segurando-me contra ele pelo braço direito, sua mão livre moveu-se para minhas costas e deslizou para baixo, acariciando minha bunda.

Ao meu gemido, ele capturou meu lábio inferior entre os dentes.

E então ele chupou suavemente enquanto eu pressionava meu corpo contra o dele, agarrando-me aos seus braços.

"Roberto!" Eu engasguei quando ele de repente me levantou pelos quadris e me sentou na minha mesa.

Ele empurrou minha saia lápis para cima e abriu minhas pernas, ficando entre elas.

Seu pau descansou entre nós, e eu senti a umidade de seu pré-sêmen encharcando minha camisa.

Com uma mão acariciando minha perna direita através das meias até a coxa, ele segurou minha nuca e me beijou.

Muito duro.

Com os olhos fechados, finalmente afundei em seu abraço, minhas mãos vagando sobre ele.

Tocando seus ombros.

Sentindo seus músculos flexionarem e relaxarem.

Calor irradiando através de sua camisa.

Então foi na nuca dele.

Seu cabelo fez cócegas na ponta dos meus dedos enquanto sua língua saqueava minha boca.

Um dos meus sapatos caiu com um estalo quando tentei envolver a perna dele.

Ele também estava em movimento.

Agarrando meu outro joelho, que roçou seu quadril.

Apertando suavemente minha nuca, me fazendo arquear e gemer.

Ele então acariciou a lateral do meu seio antes de pegá-lo na palma da mão e apertar com mais força.

Seu polegar acariciou meu mamilo através da blusa e do sutiã.

No meu estômago, pude sentir seu pau latejando.

Duro e quente.

Ainda segurando sua nuca com a mão esquerda, deslizei a direita entre nós e envolvi meus dedos com coceira em torno de seu pênis, logo abaixo da coroa.

Então passei a ponta do polegar para frente e para trás sobre a ponta, espalhando o líquido fino ali.

Gozando mais na fenda.

Robert mordeu meu lábio inferior novamente, arrastando-o para sua boca, onde o chupou.

Ele torceu com a língua.

Então ele cobriu meus lábios com os dele novamente.

Convidando minha língua para dançar.

Quanto mais ele me beijava, mais ele rosnava.

Quanto mais ele me beijava, mais eu ondulava contra ele.

O suor se formou na minha nuca sob meus dedos.

Eu também podia sentir isso entre minhas omoplatas.

Mais uma vez, ele se afastou, mas apenas em nossas bocas.

Ele encostou a testa na minha, seu hálito quente no meu rosto.

Continuei a brincar com seu pau, minha mão esquerda descansando agora atrás de mim.

"Você... é... uma... vagabunda... brincalhona", ele engasgou, recuando e me beijando suavemente.

Quando ele deslizou a mão por baixo da minha saia até minha coxa, eu o soltei e tive que colocar a outra mão atrás de mim também, para me apoiar.

Então fui eu quem mordeu seu lábio inferior porque seus dedos estavam acariciando mais para dentro.

"Merda!" Todo o meu corpo tremeu quando os nós dos dedos roçaram minha boceta coberta de calcinha.

" Você é sensível", ele riu.

Roçando os lábios no canto da minha boca, ele me bateu com os nós dos dedos mais três vezes.

A cada golpe, ele pressionava com mais força.

"Hum. Érika?"

"Ei, o que?" Pisquei e tentei engolir.

"Você está tão molhada, querida vagabunda."

Meus braços cederam e caí de volta na mesa com um grunhido.

Sentindo um dedo acariciando a parte externa da minha boceta por baixo da calcinha, meus olhos reviraram.

Meu queixo caiu e minha voz ficou presa no fundo da garganta.

"Você é tão rico", ele murmurou.

Na minha visão periférica, vi Robert desaparecer.

Um segundo depois, algo molhado escorreu pela minha boceta.

Eu finalmente gritei, percebendo que era a língua dele.

Então ele estava arrulhando.

Arqueando minhas costas.

Torcendo meus quadris.

Batendo as palmas das mãos nos papéis espalhados embaixo de mim.

Lá embaixo, ele havia tirado minha calcinha e me atacava com um arsenal de lábios, dentes e língua.

Mas nunca nada penetrante.

E, no entanto, era isso que meu corpo implorava silenciosamente.

Alguma coisa qualquer coisa...

Bem, não qualquer coisa.

Eu queria seu pau, mas me contentaria com um dedo ou dois por enquanto.

No entanto, ele não conseguia ler minha mente.

E, infelizmente, não consegui encontrar palavras para contar a ele diretamente.

Meu outro sapato caiu no chão quando ele agarrou meu tornozelo e segurou minha perna para cima e para fora.

Eu me contorci mais com a sensação dele batendo e circulando meu clitóris com o que provavelmente era seu polegar.

E eu realmente gritei quando ele lentamente lambeu minha boceta para cima e para baixo.

Provocando minha bunda apertada e sensível por um momento antes de começar de novo.

Murmurei uma série de palavrões intercalados com suspiros.

Ele gemeu e soltou minha perna depois de colocá-la sobre seu ombro.

Um segundo depois, senti um par de dedos deslizar pelo mesmo caminho que sua língua havia feito antes de pressionar em mim.

"Roberto!"

Minhas mãos cerraram ao lado do corpo, meu corpo inteiro se contorcendo na mesa.

Preso entre tentar se afastar de seu toque e tentar seguir sua mão quando ele começou a se afastar apenas para empurrar novamente.

Várias coisas fizeram barulho quando caíram da mesa no processo.

Sua risada profunda e receptiva me disse que eu obtive a reação desejada.

Ele continuou no mesmo ritmo, provocando e distorcendo os desejos em mim.

Cada vez que minha perna começava a escorregar, ele segurava a parte de trás do meu joelho na dobra do cotovelo e o colocava de volta no ombro.

Não demorei muito para chegar, ofegante e amaldiçoando seu nome.

Rolando minha cabeça para frente e para trás na mesa.

Apertando e soltando a mão em seu cabelo agora.

A outra massageava distraidamente meu seio através da blusa, como costumava fazer quando estava sozinha.

Minha mente ainda estava confusa alguns minutos depois.

Respirar era uma tarefa árdua.

Eu estava ciente dele abaixando o pé, mas não consegui fechar as pernas porque ele ainda estava parado entre minhas coxas.

Ele se moveu de um lado para o outro por alguns segundos antes de seus dedos acariciarem meus sensíveis lábios inferiores, me fazendo estremecer.

Então ele se aposentou novamente.

Um momento depois, ele levantou minha cabeça diretamente abaixo da minha orelha, seu polegar acariciando minha bochecha.

O doce aroma dos meus sucos familiares chegou ao meu nariz.

"Erika?"

Murmurei alguma coisa... Abri os olhos brevemente para ver seu rosto colocado diante do meu.

Ele estava cerrando a mandíbula?

"Você quer mais?"

Eu pisquei desta vez.

Ele lambeu meus lábios.

Tentei falar, mas acabei concordando.

Ele soltou um rosnado suave.

"Diz."

Minha boceta apertou e meus olhos focaram momentaneamente.

Minha voz estava áspera quando falei.

"Sim. Foda-me, Robert."

Seus próprios olhos pareciam brilhar.

Ele respirou fundo e me deu um breve aceno de cabeça.

Mantendo a mão na minha bochecha, senti-o empurrar minha calcinha para o lado novamente com a mão esquerda antes de seu pau tocar minha boceta.

Pressionado para frente.

Ele colocou isso em mim.

Nós grunhimos em conjunto quando ele deslizou para dentro.

Esticando-me lentamente, centímetro por centímetro.

E então sua virilha estava apoiada na minha.

Ele deu um impulso rápido nos quadris, indo um pouco mais fundo, fazendo meu pescoço arquear para trás e minhas mãos subirem para agarrar seus braços.

Ronronei enquanto ele se afastava e avançava novamente.

Ele acelerou um pouco.

Estabelecendo seu ritmo.

Minha respiração irregular ficou mais tensa.

Eu não conseguia parar de lamber meus lábios.

Tão perto.

Ele estava tão perto de novo.

Seu antebraço esquerdo descansou sobre mim, seus dedos roçando meu cabelo.

Virei minha cabeça em direção ao seu toque e fechei os olhos.

Gemendo enquanto sua outra mão segurava e acariciava meu peito ou quadril através da minha roupa.

"Goze para mim."

Ele pressionou os lábios na minha testa e agarrou meu joelho, arrastando-o até seu quadril novamente.

Minhas costas arquearam em um espasmo com suas palavras.

Meu queixo caiu com a maneira como ele me acariciou deliberadamente, por dentro e por fora.

Ele continuou me empurrando daquele penhasco.

Espiando.

E então estrangulei seu nome, enrijecendo antes que meu corpo virasse para a direita e depois para a esquerda.

Murmurando palavras que ele nunca havia pronunciado antes... ele provavelmente nem sabia o que significavam.

Inferno, provavelmente nem eram palavras reais.

"Deus, você é tão linda, Erika."

A respiração ofegante de Robert tornou-se ainda mais difícil.

Os sons que ele fazia eram inebriantes.

Eles me mantiveram me contorcendo embaixo dele.

Acho que gozei pela segunda vez ou foi pela terceira?

Antes que você o sinta tenso.

Ele empurrou com mais força.

E então ele rosnou meu nome antes de deixar cair seu corpo sobre o meu.

O calor de seu corpo penetrou nas camadas de nossas roupas umedecidas em suor.

Seu coração batia tão descontroladamente quanto o meu contra meu peito.

Ou talvez fosse meu o que eu sentia.

Então sua mão pressionou levemente meu cabelo, seu polegar acariciando distraidamente minha testa.

Alternei entre engolir ar e lamber os lábios.

Passei a mão para cima e para baixo na parte de trás de seu braço esquerdo, que ele colocou ao meu lado após sua libertação, uma vez que me recuperei o suficiente para lembrar quem éramos... onde estávamos.

Um tremor secundário sacudiu minha parte inferior das costas, fazendo com que meus membros se contraíssem.

Minha boceta apertou e seu pau se contraiu dentro de mim.

Nós dois gememos.

Ele tirou seu peso de cima de mim, me beijando suavemente antes de se levantar completamente.

Mordi o lábio contra outro espasmo em sua retirada total, feliz por ainda ter a mesa embaixo de mim como apoio.

Hipnotizada, olhei para o homem que estava no meu radar desde o primeiro dia.

Ocorreu-me que ele estava pensando em tudo isso, desde que veio preparado, enquanto eu o observava retirar a camisinha usada, embrulhá-la em alguns lenços de papel e jogar o pacote na lata de lixo.

Ele ficou na minha frente enquanto guardava seu pau e ajustava as calças.

Ela esperava que ele terminasse de arrumar as roupas, talvez passasse a mão pelo cabelo levemente bagunçado.

Mas fiquei surpreso quando ele sorriu para mim e colocou a mão atrás do meu ombro, ajudando-me a me posicionar.

Levantar-se.

Segurando meu rosto com as duas mãos, ele me beijou suavemente.

Então ele deu um passo para trás e inclinou a cabeça enquanto brincava com meu cabelo.

Ele ajustou minha camisa sobre meus ombros e passou as mãos na frente sobre meus seios.

Ele ajeitou minha saia com a outra mão na minha bunda, me fazendo tremer e sorrir como uma boba.

"Você está apresentável de novo."

Sua voz era muito suave.

E seu sorriso torto e olhos brilhantes revelavam que ele provavelmente ainda estava saindo da adrenalina também.

Quando tive certeza do meu equilíbrio, ele usou meus pés para virar os calcanhares para cima e apontá-los na direção certa para que eu pudesse calçar os sapatos novamente.

Distraidamente, passei as mãos pelo meu corpo, dos seios à bunda, para ter certeza de que tudo parecia bem, como se ele não tivesse feito isso sozinho.

Então virei meus olhos para minha mesa e franzi a testa.

Minha planilha enorme estava amassada.

Havia uma confusão de caracteres que pareciam uma língua estrangeira na tela do computador.

E faltaram o grampeador e o balde de lápis.

Pelo menos fui inteligente o suficiente para salvar meu relatório antes que ele me seduzisse.

Os itens mencionados reapareceram repentinamente com duas grandes mãos masculinas posicionadas perto do meu computador.

Esse foi o barulho que ele ouviu antes.

Quase em câmera lenta, levantei a cabeça, observando como o colete sob medida lhe caía bem antes de fixar seu olhar escuro.

Por um longo momento, Robert e eu nos entreolhamos.

O canto de sua boca ainda estava dobrado.

Percebi que meu pulso ainda estava acelerado.

Depois de olhar cegamente para trás, encontrei um dos apoios de braço e coloquei a cadeira de volta no lugar.

Só quando me sentei e me virei para apagar o jargão digitado no computador é que ele falou.

"O que você está fazendo, Érika?"

Olhei para frente e para trás entre ele e o monitor algumas vezes.

"Terminando meu relatório você interrompeu. É para entregar na terça de manhã e não vou levar para casa neste fim de semana."

Ele puxou os punhos da camisa e as pontas do colete antes de se sentar na mesma cadeira de visitantes de antes e cruzar o joelho direito sobre o esquerdo.

"Uh, o que você está fazendo, Robert?"

Ele ajustou o nó da gravata que era sua marca registrada para que ficasse mais perto do pescoço e depois cruzou as mãos no colo.

"Esperando você terminar seu relatório."

Eu levantei uma sobrancelha.

"Para que?"

Robert me deu um sorriso elegante.

" Para levá-la para jantar, é claro, antes de continuar em um ambiente mais confortável para a varredura do traseiro. Se isso lhe agradar, Sra. Sanders."

Com um salto no pulso e uma contração no canto dos lábios, voltei ao monitor.

"Muito bem, Sr. Gonzalez. Você deve terminar aqui em cerca de cinco minutos."

FIM